UNDEFEATED
BAHAMUT
CHRONICLE

최약무패의
신장기룡
바하무트

19

입체 영상은 두 눈을
천천히 뜨며 말했다.

"후길은 어째서
그렇게 살아가는 길을 고른 건지."

"뒷얘기와 결말을 가르쳐주세요."

"제가 줄곧 바라 마지않았던 결말을 맞이하기 위해서."

"모든 것을 알려줘야 하겠지요."

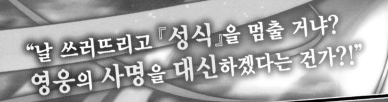

"날 쓰러뜨리고 『성식』을 멈출 거냐?
영웅의 사명을 대신하겠다는 건가?!"

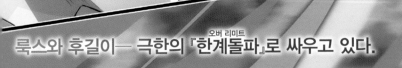

룩스와 후길이— 극한의 『한계돌파』로 싸우고 있다.

© Yuichi Murakami

"이제 와서 그런 말을
하는 거예요?"

긴 흰색 장갑을 낀
아이리의 손을 잡고, 룩스는 방을 나섰다.
호위를 맡은 삼화음(트라이어드)와 함께
긴 석조 회랑을 걸어서 테라스로 향했다

© Yuichi Murakami

"미안해. 또 아이리한테
폐를 끼치고 말았네."

CONTENTS

UNDEFEATED
BAHAMUT
CHRONICLE

© Yuichi Murakami

최약무패의

신장기룡

바하무트

19

아카츠키 센리 지음
무라카미 유이치 일러스트
원성민 옮김

Character

룩스 아카디아

멸망한 아카디아 제국의 왕자.
『무패의 최약』이라고 불리는 기룡사.

리즈샤르테 아티스마타

아티스마타 신왕국의 왕녀. 붉은 전희(戰姬)라고 불린다.
신장기룡 《티아마트》의 파일럿.

피르히 아인그람

아인그람 재벌의 차녀. 룩스의 소꿉친구이며 학원장의 여동생.
신장기룡 《티폰》의 파일럿.

크루루시퍼 에인폴크

북쪽의 대국, 유미르 교국에서 온 유학생 클래스메이트.
신장기룡 《파프니르》의 파일럿.

아이리 아카디아

구제국 황족의 생존자.
1학년이며 룩스의 친여동생.

세리스티아 라르그리스

『기사단』의 단장, 학원 최강의 3학년. 사대 귀족인 공작가 영애
이며, 신장기룡 《린드부름》의 파일럿.

키리히메 요루카

『제국의 흉인』이라고 불리던 암살자 소녀.
룩스를 주인으로 인정하고 섬기고 있다.
신장기룡 《야토노카미》의 파일럿.

후길 아카디아

라피 여왕을 섬기며 『세계 개변』을 완수하고자 암약한다.
개변기룡 《우로보로스》를 다루는 수수께끼의 강자.

World

장갑기룡《드래곤 라이드》

유적에서 발굴된 고대병기.
그중에서도 희소종이며, 높은 성능을 보유한 것은 신장기룡이라고 부른다.
또한, 장갑기룡의 파일럿은 기룡사《드래곤 나이트》라고 부른다.

유적《루인》

전 세계에서 발견된 일곱 개의 고대유적. 장갑기룡《드래곤 라이드》이 발굴
된 이후, 국력을 좌우하는 중요한 거점으로써 각국 간에 세력 다툼이 일어
나고 있다.

환신수《어비스》

유적에서 나타나는 수수께끼의 환수. 인류를 위협하는 존재이며, 기룡사만
이 대항할 수 있다.

종언신수《라그라뢰크》

한 유적에 단 한 마리만이 존재한다는 초현실적인 힘을 숨긴 일곱 마리의
환신수.

『검은 영웅』

정체불명의 장갑기룡《드래곤 라이드》을 사용하여 단신으로 약 1,200기에
달하는 제국 장갑기룡을 쓰러뜨렸다고 하는 전설의 영웅.

아티스마타 신왕국

리즈샤르테의 아버지인 아티스마타 백작이 아카디아 제국에 대항하여 일으
킨 쿠데타가 성공하며 5년 전에 건국된 나라.

아카디아 구제국

세계의 5분의 1을 지배했던 대국. 세계최강이라고 일컬어지던 압도적인 군사
력을 바탕으로 압정을 펼쳤으나, 쿠데타로 인해 멸망하였다.
룩스와 아이리는, 이 제국 황족의 생존자.

칠용기성

갈수록 늘어나는 환신수의 위협에 대항하여, 세계협정에 가맹한 각국에서 선
출한 대표 기룡사들. 『대성역』에서 벌어진 최종 결전에 패배하여 와해됐다.

Prologue　영웅이라는 저주

"자, 대답해 보거라, 아우야. 너는 앞으로 무엇을 바라지?"

불똥이 거세게 흩날리는 아카디아 제국의 왕성.

칠흑과 적색으로 채색된 밤하늘을 배경으로 두 기의 《바하무트》가 대치하고 있었다.

5년 전의 왕성에서, 황제가 아이리를 인질로 잡은 탓에 룩스의 혁명은 실패했다.

그러나— 그때까지 기룡사로서는 싸우지 못하는 줄 알았던 후길이 그 자리에서 제국 병사들을 모조리 처치하고, 개변기룡^{드래곤 나이트} 《우로보로스》와 함께 세계를 바꾸려고 했던 자신의 사명을^{아티팩트} 룩스에게 밝혔다.

사람이 사람을 지배하고 핍박하는 구조를— 기울어진 세계의 균형을 되찾기 위해 1천 년 이상 암약해왔다는 사실을.

아니, 그 행위를 과연 암약이라 부를 수 있을까.

후길은 순수하게 이 세상을 구하고자 했다.

구해낸 이들이, 그 후계자들이 자만심에 사로잡혀 오만해지고 또 다른 사람들을 핍박하기 시작했을 때, 그들을 벌하는 자로서 그때까지 쌓아올린 체제를 파괴했다.

아카디아 제국의 요인, 황족과 중신들을 모조리 죽여 모든 것을 끝내겠다고 말했다.

권력이라는 독에 한 번이라도 물들어버린 이의 마음은 정화될 수 없으며, 또한 개심을 촉구하는 룩스의 방식으로는 아무것도 바꿀 수 없다고 주장했다.

그럼에도, 룩스는 자신의 뜻을 굽히지 않았다.

"그럴지라도, 나는—."

룩스는 자기 자신을 객관적으로 돌아보며 생각했다.

구제국 내에서 권력이라는 독에 물들지 않았던 룩스와 아이리는— 후길에게 구원받았다.

그의 힘이 없었다면 이렇게 자신의 뜻을 주장할 수 있는 무대에 설 수조차 없었을 것이다.

아무것도 모르는 민중들은 그저 룩스가 황족이라는 이유만으로 악으로 단정하고, 미워했으며, 그의 어머니가 죽도록 내버려두었기 때문에 룩스는 세계를 증오했다.

그러나 피르히에게 구원받은 지금은 민중을 향한 증오의 감정은 사라졌다.

후길은 아카디아 일족과 그들에게 가담한 자는 전부 민중에 대한 자비가 없다고 말했으나—.

"나는, 잘못됐다고 생각해."

"호오……."

영웅의 사명이란 『악』을 판단하고 확실하게 제거하는 것.

　룩스는 『악』은 제거해야 하는 것이라고 주장하는 후길을 똑바로 마주 보았다.

　"남에게 맡기는 것이 아니라, 자신의 힘으로 이끌어내야 해! 타인과 서로 이해하고 싶다는 이상을 품고 있다면—!"

　"—하지만, 너는 이상을 실현하지 못했지."

　후길은 그런 룩스에게 냉소를 보내며 대답했다.

　황제의 계략에 걸려든 탓에 룩스와 아티스마타 백작의 혁명은 실패할 위기에 놓였다.

　"악을 단죄하지 않고 선을 구할 수는 없어. 나의 힘으로도 불가능했지. 신과 다름없는 절대적인 힘이 필요해. 네게는 그것을 다룰 각오도, 자격도 없다. 무엇을 구할 것인지, 무엇을 버려야 할 것인지도 모르는 『최약』인 너에게는—"

　후길이 중얼거리자 배후의 《우로보로스》가 움직이며 일곱 색의 눈부신 빛을 뿜어냈다.

　그 직후, 두 사람은 거울상처럼 검을 들고 날아올랐다.

왕도 로드갈리아에서 약간 거리가 있는 『고대의 숲』.

남은 자동인형, 그리고 라피 여왕과의 사투에서 결판이 나고 십여 분 후.

룩스는 전투의 열기를 식히기 위해 홀로 하늘을 올려다보고 있었다.

눈발이 흩날리는 하늘을 올려다보고 있으니 하늘 높은 곳으로 올라가는 듯한 착각에 사로잡혔다.

룩스의 뇌리에 떠오른 과거의 기억.

리샤와 함께 라피 여왕의 최후를 지켜본 후 한동안 홀로 생각에 잠겨 있었다.

"너무 경계심이 부족한 것 아니니? 세계를 위기에서 구해낸 영웅이면서."

우울한 듯이 우두커니 서 있는 룩스 뒤에서 말을 건 사람은 장의 차림의 크루루시퍼.

요정처럼 아름다운 푸른 머리카락의 소녀는 북쪽의 대국 출신인 탓인지 눈이 내리는 기온에도 몸을 떨지 않았다.

"영웅, 이라……."

구제국 시절, 룩스가 갈망했던 『영웅』은 그의 눈앞에 나타나지 않았다.

어느 누구도 악정에 맞서지 않았고, 맞서지 못했다.

보고도 못 본 척하면서 살아가며 일상에 삼켜졌다.

누군가가 구해주길 바란다는 기도를 품은 채.

그리고 아무도 없다면…….

자신이— 룩스 자신이, 영웅이 되기를 바랐다.

구제국의 폭정에 반기를 들고 일어선 영걸 아티스마타 백작, 룩스를 인도해준 후길과 함께 세계를 바꾸기 위해서.

"내 말이 거슬렸다면 미안해. 딱히 룩스 군에게 부담을 주려던 건 아니었어."

룩스의 중얼거림을 다른 의미로 받아들였는지 크루루시퍼가 쓴웃음을 지었다.

"그저 너의 용기와 행동이 고마울 따름이야. 우리의 기억까지 되돌린 건 살짝 마음에 안 들긴 하지만."

크루루시퍼는 피식 웃으며 의미심장한 시선을 보냈다.

그 모습을 본 룩스는 《우로보로스》의 신장에 의해 개변된 세계— 사흘 간 반복되던 퍼레이드에서 특히 가까운 소녀들 모두와 거의 한 번은 연인 관계가 되었던 기억을 떠올렸다.

한 번은 망각했던 그 기억은, 세계 개변의 주박이 풀린 덕에 그녀들의 머릿속에 되돌아왔다.

크루루시퍼도, 세리스도, 피르히도, 요루카도.

그렇다면 당연히 다양한 감정이 교차하고 있으리라.

"저, 저기…… 그, 그 문제는ㅡ."

룩스는 뺨을 붉게 물들이며 무심코 당황했다.

"걱정하지 마. 지금 여기서 그 일을 언급할 생각은 없어. 모든 일이 해결되고 난 후에 어떻게 할지는 아직 생각 안 해봤지만."

"……"

그 말투를 통해 짐작하건대 크루루시퍼는 그 사흘간의 일을 『없었던 일』로 끝낼 생각은 추호도 없는 것 같았다.

'어쩐지 앞으로 모두에게 상담하는 것 외에도 압박감을 느끼게 될 일이 늘어난 것 같은데…….'

"자, 가자. 마기알카 대장이 연회를 준비해줬어. 사실 그런 걸 할 여유는 없지만ㅡ."

"아니. 지금은 다들 지친 탓에 장갑기룡을 두를 수 없으니 휴식이 필요해. 이제부터ㅡ."

룩스는 무심코 진심을 말할 뻔하다 입을 다물었다.

그 다음에 이어질 말은 입에 담을 수 없는 소원이니까.

"신왕국으로 돌아가자. 마지막 싸움을 위해 재정비해야 하니까……."

"그래……."

감이 좋은 크루루시퍼는 룩스가 말하지 못한 진심을 알아차렸다.

하지만 굳이 캐묻지는 않았다.

그저 룩스의 입에서 그 말이 나오기만을 기다렸고, 지켜봤다.

룩스가 이제부터 어떠한 선택을 할 것인지 알고 있었다.

그걸 알고도 크루루시퍼는 끝까지 곁에 있을 생각이었다.

"자, —이쪽이야. 모두가 널 기다리고 있어."

마치 룩스를 안내하는 것처럼, 크루루시퍼가 앞서 걸어갔다.

쌓이기 시작한 눈에 남긴 발자국을 룩스는 천천히 따라갔다.

†

이송된 『대성역』의 중추가 잠들어 있는 지하의 석조 신전터.

그곳에는 이미 룩스를 제외한 나머지 인원이 전부 모여서 커다란 모닥불을 둘러싸고 있었다.

리샤를 비롯한 『기사단』 멤버들.

아르마를 비롯한 『창궁사단』 멤버들.

그리고 『칠용기성』 외에도 사대 귀족의 사병인 니아와 다우라, 그리고 신왕국군의 기룡사들도 모여서 수십 명 규모의 연회를 벌이고 있었다.

"으음? 이제 오는가, 연인이여. 어서 내 곁으로 와 술상대가 되어주게나."

"저기, 마기알카 대장…… 이게 다 뭐죠?"

"그걸 몰라서 묻는가? 보다시피 연회라네. 멋지게 세계 개변의 주박을 깨뜨리고 후길의 흉계를 무너뜨린 기념이지."

"……하아."

힘이 빠진 룩스는 고개를 푹 숙였다.

마기알카가 부하를 시켜서 옮긴 식량과 구급물품 덕을 톡톡히 보았으니 무작정 타박할 수는 없었지만 복잡한 심정이었다.

"그렇게 어이없어 하지 말게. 그대들의 속마음은 잘 알고 있으니. 허나— 이렇게 긴장을 풀어주지 않으면 편히 쉬지도 못하는 법이야. 앞날을 생각하면 그대에게도 필요한 과정이라네."

"뭐, 그렇긴 하죠."

마기알카 혼자만 와인을 벌컥벌컥 들이켤 수 있는 건 부상 때문에 전투에 참여할 수 없기 때문이리라.

룩스, 리샤를 비롯한 『기사단』 멤버들은 신왕국에 닥친 비극과 앞날을 생각하면 도저히 즐겁게 떠들 마음이 들지 않는다는 게 솔직한 심정이었지만—.

"룩스, 개의치 말거라."

연회장 우측에 있던 리샤가 약하게 탄식을 내뱉으며 입을 열었다.

"구호반과 물자를 옮겨준 것만 해도 얼마나 감사한 일이냐. 다소의 무례는 눈감아 주거라. 우리 신왕국의 내란에 말려든 신세이니까 말이지."

"……네."

리샤가 속내를 털어놓자 룩스는 고개를 끄덕였다.

짧은 대치 기간을 거쳐 다시 주군과 종자로 돌아간 듯한 기분이 들었다.

"리샤 님, 왠지 모르게 공주님다워지셨네요. 아 그게, 지금까지 그렇게 안 보였다는 게 아니라—."

© Yuichi Murakami

당당한 리샤의 태도를 보고 티르파가 물고 늘어지자 샤리스는 어이가 없다는 투로 나무랐다.

"티르파. 이럴 때만큼은 자중 좀 해라……. 공주에게 실례야."

"Yes. 우리가 혼내줘야 하겠군요."

"—개의치 말거라. 너희에게도 감사 인사를 해야 하겠지. 내가 한심한 탓에, 이렇게 사선을 넘나드는 싸움에 몇 번이나 끌어들였으니."

리샤가 자조하는 미소를 지으며 말하자 티르파는 자못 진지한 듯한 표정으로 일어났다.

"그렇게 생각하시다니— 섭섭하네요, 리샤 님. 모름지기『기사단』이라면 신왕국의 위기에 맞서 싸우는 게 당연하잖아요!"

"그것도 그렇구나. 고맙다."

"……"

라피와 사별하게 된 리샤는 공주로서 크게 성장한 것 같았다.

겉으로만 굳세 보일 뿐, 아마도 내면의 슬픔은 치유되지 않았을 테지만.

'분명— 다시 일어나서, 신왕국을 이끌어 주실 거야.'

룩스가 그렇게 확신할 수 있을 정도로 그녀는 앞을 보고 있었다.

대화가 일단락되기를 기다렸다는 것처럼 중성적인 분위기의 소녀……『창조주^{로드}』에이릴이 손을 들었다.

"룩스 군. 우리가 다시 기룡을 쓸 수 있게 될 때까지 지금부터 최소 두 시간은 휴식할 거야.『모형 정원^{가든}』으로 간 후길이 이곳에 돌아올 때까지 예상 시간은 앞으로 약 여섯 시간 정도. 그때까지 어떻게 할 것인지 결정해야 해."

"고마워, 에이릴. 그럼 나도 모두와 함께 쉬어야겠다."

다행히 주력들은 치명상을 입지 않았다.

잠시 쉬면 적어도 7할 정도의 실력은 발휘할 수 있을 터였다.

하지만— 이대로 퇴각한다는 결단을 내릴 생각이라면 유예는 그리 길지 않았다.

다들 입밖으로 꺼내지만 않았을 뿐이지 잘 알고 있었다.

에이릴이 『대성역』의 중추와 계약해서 『성식』을 제조하는 프로그램을 중단시킬 수는 있을 것이다.

하지만 그것이 진정한 끝이 아니라는 사실을 이 자리의 멤버들은 알고 있었다.

"다들, 지금까지 숨겨서 미안해. 내 편이 되어줘서, 정말 고마워."

그는 『성식』과 하나가 된 라피 여왕을 무찌르고자 『창궁사단』이라는 조직을 이끌고 싸운다는 사실을 숨겨왔다.

하지만 세계 개변 때문에 부득이한 상황이었다는 것도 다들 아는 바였다.

"그 사과는 불허하겠습니다. 룩스, 앞으로는 그런 말 하지 마세요. 당신이 신왕국의 미래를 위해 남몰래 위협과 맞서 싸웠다는 건 모두가 알고 있습니다."

『기사단』이 모여 있는 오른쪽으로 몸을 돌린 룩스가 고개 숙여 사과하자 단장인 세리스가 모두의 의견을 대변했다.

"당신 덕분에 『성식』의 위협으로부터 신왕국을 구할 수 있었어요. 사대 귀족의 장녀로서 정식으로 감사의 뜻을 전합니다."

"……."

세리스가 그렇게 말하며 인사하자 다른 사람들도 말없이 고개를 끄덕였다.

단지 그것만으로 그녀들의 마음이 하나가 되었다는 게 전해졌다.

"하지만 솔직히 말하자면, 다 털어놓기를 바랐습니다. 당신 혼자 죄를 짊어지지 말고…… 《우로보로스》의 신장 때문에 어려웠다고 해도……."

"그렇군요. 아무리 반성해도 부족할 정도네요."

룩스는 쓴웃음을 지으며 대답했다.

자신의 목숨을 바쳐서라도 신왕국의 모든 이들을 구해낸다—.

룩스는 리샤와 싸우며 그것이 철없는 생각이었음을 통감했다.

모두가 있기에 룩스라는 인간이 완성되었다.

모두와 힘을 합쳤기에 수많은 위기를 극복해낼 수 있었다.

잃는 것을 너무나도 두려워한 나머지, 그녀들이 불행과 괴로움을 짊어지지 않길 바란 나머지 홀로 싸움에 뛰어든 것은 실수였다.

그녀들이 곁에 있고, 등을 떠밀어주는 게 얼마나 강력한 힘이 되는 것인지 다시금 알게 되었다.

"반성회는 이쯤에서 끝내자. 긴장을 풀고 영양을 보급하지 않으면 또 피로로 쓰러지게 될 거야."

"응— 그럼 사양하지 않고, 그러니까……."

"다녀왔어가 좋지 않을까요? 오빠."

룩스가 휴식을 겸하는 연회에 어떻게 참가할지 망설이자 아이리가 알맞은 답을 알려주었다.

그녀의 추천을 따라 룩스는 모닥불 앞에 앉으며 말했다.

"그러네. 다녀왔어—."

"어서 와, 루우."

"어서 오시어요, 주인님."

피르히가, 요루카가, 다른 모두가 웃으면서 그 인사에 호응해주었다.

룩스 자신이 갈구하고 소망하던 장소.

모두와 함께하는 따스한 시간을 잠시 곱씹었다.

일행이 몸을 녹이며 식사를 하는 동안, 다른 쪽에서는 마기 알카가 데려온 정비반이 장갑기룡을 수리하고 있었다.

그라이퍼, 메르, 소피스, 로자.

룩스는 마기알카의 부름에 따라 모인 타국을 대표하는 에이스 기룡사인 그들에게 인사하며 돌아다녔다.

"뭐, 일을 한 번 벌였으면 끝장을 봐야하는 법 아니겠어? 결국 『성식』을 막아야만 싸움이 완전히 끝나는 거니까."

"오빠는 동맹국 대표이기도 하니까, 사례 기대할게."

여전히 퉁명스럽게 말하는 그라이퍼와 제일 어린데도 야무진 메르의 태도에 룩스는 쓴웃음을 지었다.

한편 소피스와 로자에게서는 솔직한 환영 인사를 받았다.

"유적을 올바른 용도로 쓰게 하는 건 『열쇠 관리자』의 숙원^{루인}이니까 협력하는 건 당연. 그런 것보다 룩스의 가르침 덕분에 이겼어."

"그렇게 말해주니 기쁘네."

다른 이에게 영향을 받고 배움으로써 강해졌다는 소피스의 말을 듣고 룩스는 부드럽게 웃었다. 그리고 마찬가지로 자동인형을 쓰러뜨린 로자는—.

"저도 그래요. 룩스 님의 힘이 되어서 다행이에요. 그런데⋯⋯ 아직 시간이 괜찮으시다면, 그, 저쪽에서 몰래⋯⋯."

"이 상황에서 뭘 하려는 거야⋯⋯?!"

"걱정하지 마세요. 룩스 님을 번거롭게 해드릴 생각은 없으니까요. 제가 다 알아서 할 테니⋯⋯."

"그런 문제가 아닌데⋯⋯!"

그 대화를 들은 주위 사람들의 눈초리가 냉랭하게 변했다.

어쩐지 최근 들어 로자의 감정이 격렬하게 폭주하고 있어서 위험하다.

어떤 면에서는 요루카를 뛰어넘을지도 모른다.

"어쩐지 마음이 놓인다고 해야 하나⋯⋯ 룩스 군도 슬슬 입장을 확실하게 해줬으면 좋겠는데."

한편 에이릴은 그런 모습을 어이없다는 듯이 바라보면서 『대성역』에 인증, 접속하고 돌입하기 위한 준비를 하는 중이었다.

『모형 성원』에서 가져온 데이터칩을 써서 중추에 봉인된 아샤리아의 인공지능을 다시 기동하기 위해서다.

에이릴은 그 준비를 끝내고 쉴 생각이었다.

다들 잘 알고 있지만 섣불리 말하지 못한 것.

—무한히 재생하는 『성식』의 기능을 정지시킨다.

그것까지는 확정 사항이었지만 그 이후로는 아직 정해지지 않았다.

다들 어렴풋이 이해하고 있었지만 말하기를 망설였다.

이 싸움을 시작한 리더인 룩스의 말을 기다렸다.

"—다들, 들어줬으면 해. 이미 다 알고 있겠지만, 중요한 얘기야."

휴식에 들어가고 정확히 두 시간 뒤.

룩스는 중앙의 모닥불 앞에 서서 많은 동료들을 둘러보며 입을 열었다.

『창궁사단』의 아르마와 마기알카의 부하들, 『칠용기성』, 신왕국의 리샤와 『기사단』, 신왕국군.

사대 귀족 휘하 기룡사들도 숨죽인 채 룩스를 바라보았다.

"앞서 설명한 대로 우리는 이제부터 중추와 접촉해서 『성식』의 재생을 막을 거야. 그걸로 일단 종지부를 찍을 수 있지. 『성식』의 제조를 한 번 정지시키면 곧바로 재작동시킬 수 없어. 부활할 때까지 최대 몇 년은 평화로울 거야."

"……"

세계를 구했다는 승리 선언.

그럼에도 불구하고 그 말을 듣는 사람들의 표정은 긴장되어 있었다.

몰랐던 사람들은 휴식 중에 설명을 들어서 알게 됐다.

이 세계를 둘러싼 잔혹한 현실과 미증유의 위협을.

"—하지만 그건 일시적인 평화에 불과해. 폐도 게르니카에서 진상을 알게 된 우리는 한때 그걸 잊어버렸고, 다시 떠올렸어."

에이릴이 『창조주』의 대표로서. 유적의 역사를 아는 사람으로서 설명을 보충했다.

"우리의 기억은 제0유적, 개변기룡 《우로보로스》에 의해 개변되고 말 거야. 후길 아카디아, 시작의 하얀 영웅의 뜻대로."

"······."

설령 에이릴이 『대성역』의 중추와 접속한다고 해도 후길 또한 동일한 권한을 가지고 있다.

모든 싸움이 종결된 후, 후길은 재차 『대성역』의 프로그램을 바꿔 써서 『성식』을 창조하는 시스템을 가동하리라.

"그 후길이란 녀석은 왜 그런 짓을 하는 거야? 신왕국을 지배하에 두려는 거라면 다른 방법도 있을 텐데."

사대 귀족의 일각, 버글라이저의 조카인 니아가 의아스럽게 물었다.

따지고 보면 그녀는 얼떨결에 이번 싸움에 말려든 외부인이지만 그렇기 때문에 솔직하게 질문할 수 있었을 것이다.

그러자 구제국 시절부터 형제로 지낸 덕에 후길을 잘 알고 있는 룩스가 대답했다.

"사실 후길의 진짜 목적이 무엇인지는 여전히 몰라. 다만, 딱 하나 아는 게 있긴 해."

그것은─.

"후길은 이 세계를─ 신왕국을 몇 번이고 재창조하면서 올바른 위정자가 나타나기를 기다리고 있어."

후길은 약자를 구하는 것이 영웅의 소임이라고 말했다.

사람은 자신과 같은 사람에게조차 악의를 품고 지배하려고 한다.

그 악의가, 권력이, 폭력이 극한까지 치달았을 때, 후길은 약자의 편에 서서 혁명에 가담했다.

과거의 구제국과 그 위정자들에게 핍박받던 백성들 때처럼.

아득히 먼 옛날, 『창조주』들의 신성 아카디아 황국 때처럼.

후길은 수천 년 전부터 영원의 시간을 살아오며 같은 행위를 반복해왔다.

그 이유는 룩스도 아직 확실하게 알지는 못했지만, 후길은 그 행위를 『영웅의 사명』이라 인식했다.

『대성역』을 손에 넣어 지배를 꾀했던 리스테르카를 살해한 것도 그게 이유였다.

"그게 전부라면 마음대로 하게 놔두지 못할 것도 없겠지만 말일세."

긴박한 분위기에 끼어든 마기알카가 머리를 긁적이며 말했다.

"녀석은 강하다네. 개변기룡 《우로보로스》는 무적에 가까운 능력을 자랑하지. 룩스를 제외한 『칠용기성』 전원이 모든 힘을 다해 맞섰는데도 쓰러뜨리지 못했을 정도야."

"......"

눈이 내리는 숲 속에 정적이 내려앉았다.

마기알카가 한 말을 듣고 모두가 알아차렸다.

후길과 싸우면 전멸이 거의 확실한 미래가 기다리고 있음을.

그러나 싸우지 않는다면 『대성역』을 빼앗겨서 그들은 다시 《우로보로스》의 힘에 인식을 조작당하게 될 것이다.

아니, 『대성역』과 계약한 에이릴은 살해당하게 될지도 모른다.

앞으로 약 네 시간 뒤면 『모형 정원』으로 떠난 후길이 그랑포스의 설치를 마치고 돌아올 것이다.

그때까지 전원이 각오를 다져야 했다.

싸울 것인지, 도망칠 것인지.

후길은 개인의 선택을 지켜보려 하고 있다.

적극적으로 나서지 않는다면 목숨을 부지할 수 있을 터다.

그러므로―.

"도망치는 것도 현실적인 선택지라고 봅니다. 아니, 그렇다기보다는 싸워봤자 승산은 희박해요. 설령 《우로보로스》의 공략법을 찾아낸다고 해도 이길 확률은 2할도 채 안 되겠죠. 물론 우리의 피해를 도외시했을 때 얘기고요."

"이만한 전력이 모였는데도 2할 미만이란 말인가……!"

사대 귀족 조그와 휘하 사병 부대의 대장인 다우라가 눈살을 찌푸리며 신음했다.

그는 뛰어난 실력의 기룡사였지만, 『칠용기성』 그라이퍼와 메르에게는 상대가 안 됐다.

　그런 만큼 이 세계의 최고 전력이 집결한 이 상황에서 그렇게 승산이 희박하다는 사실을 믿지 못하는 것이리라.

　"네. 그러니 여러분의 생각을 알고 싶습니다. 싸울 것인지, 도망칠 것인지—."

　"……."

　다시, 침묵이 돌아왔다.

　장기적으로 보면 후길을 쓰러뜨리는 게 당연히 제일 좋은 방법이다.

　『대성역』이 남아 있으면 언젠가 『성식』 제조 장치가 다시 작동하고, 기억도 바뀌게 될 것이다.

　그러나 그것을 막기 위한 싸움을 벌이는 리스크가 너무나도 컸다.

　그때 붉은 머리카락의 소녀, 로자 그랑하이드가 손을 들고 입을 열었다.

　"장치만 파괴하는 건 불가능한가—? 중추의 기구만 파괴하는 정도는 모두가 힘을 합치면 가능하잖아?"

　"요즘 로자는 원래 말투로 돌아온 쪽이 위화감이 느껴져."

　소피스의 태클에는 반응하지 않고 에이릴이 그 의견에 답했다.

　"장치만 파괴하고 떠나는 것도, 가능하다면 가능할지도 몰라.

　—하지만 상당히 번거로울 뿐만 아니라 절대로 수리 못할 거라고 단정할 수도 없지."

"나도 같은 의견. 제7유적 『달^{루인}』의 보물창고에도 내가 들어갈 수 없던 장소가 있었어."

에이릴의 말에 소피스도 고개를 끄덕인다.

"아하, 그렇단 말이지—."

로자가 납득한 것처럼 고개를 끄덕이자 이어서 리샤가 일어났다.

"그래서— 룩스. 너는 어떻게 할 생각이냐?"

"저는— 여러분에게 강제할 생각은 없습니다. 하지만……."

"싸울 거지? 후길이랑. 그럼 함께하겠어. 네가 돌아오지 않는 신왕국에서 찰나의 평화를 누리다니. 난 견딜 자신이 없는걸?"

"이봐, 크루루시퍼! 남이 할 말을 가로채지 마라! 그 말은 내가 하려던 건데!"

시원스레 말한 크루루시퍼를 리샤가 못마땅하다는 듯 타박했다.

"그렇다면 결정합시다. 지금부터 두 시간 내에 싸울 수 없는 사람은 왕도로 대피해주세요. 그리고 룩스와 함께 싸울 사람은 이곳에 남아 전투 준비를 합시다. 이렇게 하면 되겠지요?"

세리스의 제안에 일동은 고개를 끄덕인다.

『칠용기성』, 『창궁사단』, 『기사단』의 주요 멤버 중에 돌아가려고 하는 사람은 없었다.

"결정됐군. 그럼 『대성역』의 중추로 가보게. 아샤리아의 인공지능이라는 녀석에게 이야기를 들을 거라고 했지? 조금이라도 《우로보로스》에 대한 대책을 세워야 하네."

"그러네요. 자, 오빠. 이제 바빠질 거예요."

마기알카의 지시대로 룩스와 에이릴, 아이리가 중추에 진입할 멤버로 선정됐다.

선정 기준은 유적과 관련이 있으며, 만일의 경우 『대성역』의 중추와 계약을 맺을 수 있는가.

얼마 지나지 않아 룩스 일행은 『대성역』의 중추로 전송됐다.

그리고 남은 사람들은 두 조로 나뉘어 행동했다.

†

"도무지 이해할 수가 없군⋯⋯."

라피 여왕의 요청을 받아 『고대의 숲』 입구를 지켰던 사대 귀족의 사병대장⋯⋯ 다우라는 복잡한 심경을 숨기지 않고 솔직하게 토로했다.

『창궁사단』, 『신왕국군』의 살아남은 병사들을 수습할 사람이 필요했기 때문에 그들은 룩스 일행과 갈라져서 부상자, 비전투요원을 포함한 인원들을 이끌고 후퇴하는 역할을 맡았다.

"뭐야? 이제 와서 불평하기야? 우악스러운 얼굴로 나약한 말을 하면 웃기니까 그만 두라고."

그와 동급의 대장인 드센 여성, 니아는 한심해하는 표정으로 대꾸했다.

"그렇게 받아들여도 상관없다. 귀공의 헛소리에 어울려줄 정신적인 여유조차 없으니까."

"하긴, 속이 어떤지 모르는 건 아냐. 나도 똑같은 기분이니까."

두 사람도 특급 계층^{엑스 클래스}의 실력을 지닌 실력자다.

하지만 그 자리에 남기에는 어울리지 않는다고 자진해서 물러났다.

후길에게 패배한 『칠용기성』 그라이퍼와 메르에게 쉽사리 당한 게 이유는 아니다.

너무나도 불리한 상황에 두려움을 느낀 것도 아니다.

그저— 각오가 부족하다고 느꼈다.

신왕국 중신의 부하이긴 해도 직접적인 인연이라는 의미에서는 너무나도 관계가 얕았다.

"우리는 아무것도 몰랐어. 그런 실력자들의 존재도, 그들이 어떤 각오를 품고 싸우려 하고 있는지도."

다우라의 말에는 다양한 감정이 담겨 있었다.

대의명분, 사명감, 혹은 눈앞에 이익이 있다면 사람은 싸울 수 있다. 그러나 승산이 희박한 싸움에 도전해야 할 때, 자신의 각오가 시험받는다는 것을 알고 있다.

특출한 실력만이 아니라 강한 마음까지 겸비하지 않으면 후길과 맞설 수 없다.

맞선다고 해도 개죽음당하는 희생자가 늘어날 뿐이다

이 자리에 있는 인원으로는 그렇게 되리라고 판단했다.

그것이 자신의 분수를 알게 된 실력자 두 사람이 도달한 결론이었다.

"나 자신의 미숙함…… 잘 안다고 생각했는데, 분해. 돌아가면 죽어라 훈련해야지."

"……성실한 모습을 보이는 귀공도 기분이 나쁘다는 걸 아나?"

니아는 자신의 독백에 딴죽을 거는 다우라의 말을 무시하고 화제를 바꿨다.

"있잖아, 네가 보기엔 누가 이길 것 같아? 후길 아카디아? 아니면 신왕국의 날품팔이 왕자?"

"감도 안 잡히는군. 다만……."

이제까지 나온 얘기를 종합하건대 십중팔구 총력을 다해도 후길에게는 이길 수 없다.

그 정도로 후길이라는 기룡사는, 《우로보로스》의 저력은 끝을 알 수 없다.

그렇게 생각하면서도 다우라는 굳이 다른 해답을 꺼냈다.

"모두에게 쉽지 않은 길이겠지. 왕으로서 사람이 가야 할 올바른 길을 추구한다는 건."

"……하."

니아는 반사적으로 코웃음을 쳤다.

그녀와 다우라는 아직 젊고 자만심이 가득한 신예였지만, 그럼에도 인정하고 있었다.

리샤와 룩스가 신왕국을 짊어지기에 걸맞은 존재라고.

싸움의 승패를 정하는 건 서로의 총력, 물량과 전략이다.

하지만 총력을 만들어내는 결속의 힘―.

적대하는 사이였던 사람들을 아우르는 룩스가 지닌 왕의 그릇.

수천 년간 홀로 고독하게 사투를 벌여온 후길이라는 시작의 영웅.

　두 사람의 힘을 가늠하기에는 자신들이 아직 너무 미숙하다는 점을 잘 알고 있었다.

†

　한편 그 무렵— 유적 『모형 정원』의 최심층부에서 후길은 자신이 지닌 『창조주』의 권한으로 『그랑 포스』를 결합했다.

　이것으로— 일곱 개의 유적이 기동하고, 『대성역』과 《우로보로스》의 힘을 합친 《영겁회귀》를 발동할 수 있게 됐다.

　다시 말해 신왕국을 시작으로 세계 규모로 인식 개변을 실시하고, 모든 기억을 리셋할 준비가 갖춰졌다.

　이 반년에 달하는 혈투 때문에 각지의 유적은 에너지를 대량으로 소모했다. 당분간 유적 자체를 숨겼다가 지금 시대의 인간이 다시 발견하는 형태로 사람과 기룡사를 이끌 필요가 있다.

　자동인형도 다시 만들고, 똑같이 초기화한 다음 관리를 맡겨야만 한다.

　지난 수천 년간 역사를 개변할 때마다 조금 앞의 상태로 되돌리고 시곗바늘을 앞으로 나아가게 했다.

　수없이 되풀이한 동작에 막힘은 없었다.

　이제부터 해야만 하는 일에 대해서도 망설임은 없었다.

"……이 방은, 나중에 통괄자에게 정리를 맡겨야겠군."

후길은 『모형 정원』의 자동인형 클랑리제가 관리했던 보물 창고에 들러서 확인했다.

룩스가 붙잡힌 에이릴을 구출했을 때, 보물 창고에서 데이터 칩을 빼앗겼다. 그것은 무슨 이유 때문인지 후길의 권한으로는 확인할 수 없었던 기록매체다.

누가 남긴 것인지도 모른다.

후길이 자신의 사명을 수행하던 수천 년 동안 도달하지 못했던 정보였으나ㅡ.

"이제 와서 알아본들 무슨 소용이 있을까."

자조 어린 미소를 지으며 후길은 보물 창고 밖으로 나갔다.

본체인 제0유적《우로보로스》는 『고대의 숲』에 숨기고 자동인형 아샤리아에게 관리를 맡겼다.

그래서 《엑스 와이번》으로 이동해야 하는 까닭에 『고대의 숲』으로 돌아가려면 다소 시간이 걸린다.

"……."

휴식을 취할 필요는 없지만 『모형 정원』의 기능을 재설정하기 위해 시간을 할애했다.

그 옆에는 아샤리아의 환영이 보였다.

"환각…… 난 언제부터 이걸 보게 된 거지……?"

수백 년…… 아니, 영겁의 세월을 살며 역사를 끊임없이 고쳐 써온 후길은 이제 과거의 시간이 얼마나 지났는지 알 수 없게 되었다.

다만 『성식』이 후길의 마음에 감응하여 의태하지 않아도, 혹은 자동인형 아샤리아가 곁에 없어도 그녀의 모습이 눈에 보이고 목소리가 귀에 들렸다.

†

　　"룩스 군. 시작할게……!"

　　"응, 에이릴."

　　『대성역』 중추 내부. 무수한 톱니바퀴로 구성된 기계와 은색 벽으로 에워싸인 공간. 에이릴은 자신의 권한으로 데이터 칩에 내장된 인공지능 아샤리아를 불러냈다.

　　입체 영상으로 떠오른 드레스 차림의 인물은 룩스, 에이릴, 아이리 세 사람을 보고 미소 지었다.

　　『대성역』 시설 중 하나, 『원』에서 기록을 보던 중 자동인형 엘 파쥴라의 방해를 받는 바람에 재생 장치는 파괴되었다.

　　이제부터 그 뒷내용을 보고 후길과 《우로보로스》를 상대할 대책을 세울 생각이었다.

　　"자동인형의 실례를 대신 사과하겠습니다. 하지만 그녀들을 책망하지 말아주세요. 저를 너무 따르는 나머지 유적을 지킨다는 사명에 사로잡혔을 뿐이에요."

　　『아카이브』의 기억을 이어받은 아샤리아의 입체 영상이 우선 사과했다.

　　후길의 과거, 친해진 계기, 아카디아 황국의 역사를 이야기하는 도중에 중단됐으니 분명 그 다음 내용을 듣게 될 거라고 룩스는 생각했지만—.

"단도직입으로 물을게요. 아샤리아 씨. 후길과 《우로보로스》의 약점을 가르쳐주실 수 있나요?"

아이리가 예정을 변경해서 솔직하게 물어봤다.

단계를 밟으며 이야기를 진행시킬 여유는 없다고 판단한 것이리라. 그러나 아샤리아의 입체 영상은 어딘가 허무하게 느껴지는 미소를 지으며 대답했다.

"솔직하시군요. 하지만 참으로 죄송스럽게도, 그 점에 관하여 제가 드릴 수 있는 조언은 없습니다."

"—."

룩스의 양쪽 옆에서 에이릴과 아이리가 짧게 숨을 삼키는 소리가 들렸다. 내심 예상했던 대답이긴 했으나, 충격적인 내용이었음을 알려주는 반응이었다.

"제0유적 개변기룡 《우로보로스》란 『대성역』의 반신. 말하자면 기룡의 모든 능력과 기술이 내장된 극한의 병기입니다. 그러므로 에너지 소모가 크다는 것 이외의 결점은 파악하지 못했지요. 정식으로 시운전하기 전에 제 본체가 죽어버린 탓도 있습니다만."

"……."

어딘가에 숨어있을 자동인형 아샤리아는 둘째 치고, 이 입체 영상 아샤리아가 굳이 거짓말을 할 것 같지는 않았다.

차원이 다른 강력함을 겪어보고 상상은 했으나, 설령 만전 상태의 싱글렌 수준의 역량을 지녔다 하더라도 후길과 《우로보로스》를 이기기란 어려우리라.

"오빠, 역시…… 지금이라도 철수를 고려해보는 게 어떨까요?"

아이리가 불안한 표정으로 룩스의 손을 잡아당겼다.

후길과 싸운다는 것 자체가 상당히 무모한 짓이긴 하지만, 확실하게 쓰러뜨릴 수 있는 명확한 약점이 없다는 사실이 판명되자 낙담한 듯했다.

"확실히…… 승산이 아예 없다면 싸울 이유는 없어. 만약 『성식』이 부활한다고 해도 아직 먼 이야기고."

에이릴도 그렇게 보충했지만, 룩스는 조금도 당황하지 않았다.

"―알겠습니다. 그럼 《우로보로스》와 후길이 가진 능력에 대해 상세하게 설명해주실 수 있을까요? 그걸 통해 제가 직접 약점을 찾아낼 테니까."

"……아니, 오빠?!"

"룩스 군?!"

아이리와 에이릴이 그 한마디를 듣고 반사적으로 소리쳤다.

룩스는 두 사람을 안심시키려는 것처럼 미소 지으며 아이리의 머리를 가볍게 쓰다듬었다.

"걱정하지 마. 앞뒤를 생각하지 않고 싸우려는 건 아니니까."

"승산이 있다는 거예요? 하지만 어째서 그런 무모한 짓을……."

아이리는 따지듯이 말했지만 룩스에게는 확신이 있었다.

"후길은 결코 무적의 존재가 아니야. 싱글렌을 죽인 걸 봐도 알 수 있지."

후길과 《우로보로스》가 정말로 『신』의 영역에 있다면 상대를 확실하게 죽일 필요도 없었을 터다.

바꿔 말하면 싱글렌만큼은 「죽이지 않으면 당할 거」라고 생각했으니까」 그렇게까지 반격할 수밖에 없었던 것이다.

"—아우야. 너처럼 재능이 뛰어난 사람이 어째서 급이 높은 기룡사를 못 이기는지 알겠니?"

7년 전— 룩스가 처음으로 장갑기룡을 손에 넣었을 무렵. 전투술의 기초를 철저하게 익힌 다음 후길이 소개해준 군인과 모의전을 치렀을 때의 대화다.

룩스는 전례없는 동체시력과 조작 기술로 상대를 압도했으나, 기체 성능의 차이 때문에 결국 이기지는 못했다.

"제 기룡은 《와이번》이고 상대는 《엑스 와이엄》을 썼기 때문……아닌가요? 중장갑인 강화형 범용기룡이 상대라면 무장의 출력 차이 탓에 장벽을 쉽게 뚫을 수 없어요."

뿐만 아니라 상대는 방심하지 않는 실력자였다.

강력한 기룡을 자유자재로 다루는 강자.

자신이 가진 기룡 자체를 바꾸지 않는다면 그 차이는 뒤집을 수 없다고 생각했다.

"그렇게 생각한다면 아직 내 신장기룡을 넘겨줄 순 없겠구나."

하지만 당시의 후길은 그 대답을 조용히 웃어넘겼다.

"이 세상에 무적의 존재 같은 건 없어. 하지만 적이 그렇게 생각하게끔 한다면 그런 상대에게 지는 일은 없어지지. 내가 어째서 너에게 방어와 간파를 익히게 했는지 알겠니?"

"……적의 움직임을 관찰시키기 위해서인가요?"

"그래. 네 눈이라면 금방 알게 될 거야. 약점을 파악하기 위한 전투법을 익히거라. 전투 중에 상대를 알고 이해할 수 있는 자가— 가장 강한 기룡사가 되는 법이니까."

"그건, 후길 형님의 경험담인가요?"

"그래. 옛날에는 반대로 생각했지만, 끝내 이 해답에 도달했단다. 언뜻 보기에는 무적으로 느껴지는 강자도 약점을 숨기고 있지. 세상에 약점이 없는 사람은 없어."

"……."

지금 생각해보면 당시 후길이 말한 『옛날』이란 구제국 시절이 아니라 그보다 과거— 아샤리아가 아직 살아있을 적의 경험에서 우러나온 말이었으리라.

당하기 전에 해치운다—. 전장에서는 항상 선수를 치는 것이 살아남기 위한 최선책이라고 생각하기 십상이지만, 장벽으로 치명상을 피할 수 있는 기룡사간의 전투에서는 일정 수준 이상의 기량을 지닌 강자를 간단히 쓰러뜨릴 수 없다.

하지만 그들의 약점을 파악하고 그 약점을 예리하게 파고들 수 있다면.

그리고 자신이 더욱 급이 높은 기룡을 수족처럼 다룬다면—.

한없이 최강에 가까운 기룡사가 탄생하리라.

그 이후 룩스는 후길의 조언을 따라 구제국을 무너뜨릴 것을 맹세했고, 몸과 마음과 기술을 갈고 닦았다.

약점이 없는 상대는 없다. 그것은— 후길도 예외가 아니다.

그가 한 말을 그대로 받아들인 게 아니라, 룩스 자신이 치열한 전투를 겪으며 얻은 답이었다.

싱글렌과 후길이 싸우는 모습을 보고 그 생각은 확신으로 바뀌었다.

'폐도 게르니카에서『칠용기성』과 벌인 결전. 경이롭게 느껴질 정도로 후길을 몰아붙인 싱글렌의 전투에 승리의 열쇠가 숨어있어.'

후길에 필적하는 강자가 나타나지 않았다면 약점이 있으리라는 생각도 못했을 것이다.

따라서 룩스는 도박에 나서 보기로 결심했다.

지금까지 후길에게 배우고, 단련해온 모든 것을 부딪칠 각오를 다졌다.

『……이상입니다. 그럼, 제 역할은 이것으로 끝입니다만.』

후길과《우로보로스》에 관련된 정보를 전부 다 설명한 인공지능 아샤리아는 그런 말을 했다.

대책을 세우려면 전체적인 전투 상황을 고려를 해야 한다.

체력을 회복하려면 안전한 곳에서 쉬어야만 한다.

시간적인 여유는 없음에도 불구하고, 룩스는 아샤리아에게 질문을 건넸다.

"마지막으로, 하나만 더 물을게요."

룩스는 머릿속에서 정보를 정리한 후 자세를 바로잡으며 심호흡을 했다.

"『성식』이 폭주한 사건과 그 당시 후길이 맞이한 결말에 대해서 알려줄 수 있을까요?"

『……』

저번 만남에는 『아카이브』에서 후길의 과거사를 들었다.

신성 아카디아 황국에서 태어난 가증스러운 역사.

『열쇠 관리자』의 협력 덕분에 세계의 정점에 선 아카디아 순혈 귀족들은 백성의 목숨과 노동력을 쥐어 짜내고 유린했다.

환신수를 만들고, 백성을 희생해 만든 엘릭시르를 독점해서 더욱 권력을 지키려고 꾀했으며— 반역자를 『배신자 일족』이라 불렀다.

그런 광란의 시대에 『구세의 여신』이라 불렸던 아샤리아는 『배신자 일족』이라고 경멸받던 후길에게서 선한 마음을 발견하고 거둬들였다.

서로 마음이 통한 두 사람은 전쟁과 모략, 부조리한 착취나 차별 등의 탄압과 싸웠다.

그리고 일시적으로 평화가 찾아왔지만 싸움은 끝나지 않았다.

기나긴 전쟁으로 고통을 맛본 『배신자 일족』은 틈을 봐서 『창조주』에게 보복하기로 계획했고, 전쟁 중에 태어난 힘없는 이들은 또다시 이용당하고 희생됐다.

아샤리아와 후길조차도 모든 이를 구하는 것은 불가능했다.

아샤리아는 그렇게 구원받지 못한 이들을 위해 『성식』과 《우로보로스》를 만들었다.

《우로보로스》가 행하는 세계 개변— 인식 조작은 오랜 전쟁에서 비롯된 원한을 잊게 하고, 사람의 선한 마음을 되찾게 하기 위한 장치.

『성식』은 사람들의 의지를 투영하고, 보답 받지 못한 이들의 슬픔과 노여움을 감지해서 찾아가 구제하기 위한 장치.

두 사람의 꿈은 『사람의 세상』에서 『절망』을 없애는 것.

그것을 이루기 위해 계속 전진하기로 함께 맹세했다.

"거기까지는 저도, 우리도 아직 기억하고 있어요……"

룩스는 아샤리아의 입체 영상을 똑바로 보며 다시 물어봤다.

"하지만 그 다음을 알고 싶어요. 어째서 사람을 구제하기 위에 태어난 『성식』이 그렇게 변질된 건지. 후길은 어째서 그렇게 살아가는 길을 고른 건지. 뒷얘기와 결말을 가르쳐주세요."

그 질문에 입체 영상 아샤리아는 드물게도 침묵.

조용히 눈을 내리깔며 생각에 잠긴 듯한 몸짓을 보였다.

『……솔직히, 망설여지는군요.』

"이제 와서 무슨 말을—"

아이리가 되묻자 입체 영상은 두 눈을 천천히 뜨며 말했다.

『이 진실을 여러분에게 알려줘도 될 것인지…… 후길을 상대할 때 망설이진 않을지…… 아니.』

망설인 끝에 아샤리아는 고개를 들어올렸다.

『그래도 모든 것을 알려줘야 하겠지요. 제가 줄곧 바라 마지 않았던 결말을 맞이하기 위해서.』

© Yuichi Murakami

Episode 2 　　　運명의, 재대결

"……."

후길 아카디아는 꿈을 꾸지 않는다.

이제는 마지막으로 잠을 청한 날이 떠오르지 않을 정도로, 긴 세월을 잠들지 않고 살아왔다.

몇 번이나 사선을 넘나들며 엘릭시르를 투여해온 탓인지 당장에라도 육체가 부서지더라도 이상하지 않을 정도의 힘을 얻게 됐다.

그래서, 후길 아카디아는 꿈을 꾸지 않는 대신에 환각을 본다.

천 년 이상 지난 과거의 광경.

반복되는 복수의 연쇄를 끊기 위해, 오랜 전쟁에서 비롯된 피해로 인해 사람들의 마음에서 생겨난 증오를 없애기 위해―.

사람에 의한, 사람의 평화로운 세계를 만들기 위해, 후길과 아샤리아는 새로운 힘을 소망했다.

『성식』과 《우로보로스》.

두 힘을 축으로 세상을 구제하기로 결의했다.

개변기룡 《우로보로스》를 조종하기 위한 강화수술을 받고 영웅이 된 후길은 잠들었다.

한 달 간의 잠에서 깨어난 뒤에는 《우로보로스》를 다룰 수 있는 몸으로 거듭났을 터였다.

　『후길, 힘내세요. 저도 당신이 깨어나기 전에 「성식」을 완성해둘 테니까.』

　『또 밤새 일할 생각인가? 내가 눈을 뜨기 전에 쓰러져서 폐를 끼치지 말라고.』

　유적—『모형 정원』의 깊숙한 곳. 개조 수술실 앞에서 후길은 아샤리아와 그런 대화를 나누었다.

　이미 자신이 인간이 아니게 되었다는 것은 알고 있지만, 그런 것은 아무래도 좋았다.

　아샤리아라는 진심으로 신뢰할 수 있는 소녀의 존재.

　인류를 유구한 평화로 인도하는 꿈.

　수많은 희망을 가슴에 몰래 간직하고 있으니까.

　『그런 것보다— 정말로 괜찮을까? 그 녀석들까지 도와줘도.』

　『당신이 그런 말을 해도 되나요? 「배신자 일족」의 대표이면서.』

　후길의 우려를, 아샤리아는 웃음으로 받아주었다.

　바로 얼마 전에 『배신자 일족』은 지금까지의 압정에 대한 보복으로 테러를—『창조주』를 산제물 삼아 엘릭시르를 만든다는 역습을 계획했다.

　그 계획을 눈치 챈 후길 덕분에 『배신자 일족』의 보복은 미연에 막을 수 있었지만, 그 주모자들은 아직 가둬 둔 채 설득하는 중이었다.

　그들을 대화를 통해 개심을 종용할 게 아니라 합당한 처벌을 해야 마땅하다는 것이 후길의 주장이었으나━.

『그들 또한 근본이 악한 건 아니에요. 그저 오랫동안 상처 입은 탓에 마음이 황폐해졌을 뿐이죠. 당신이 그걸 증명하지 않았나요?』

『좋게 안 풀린 적도 있었지만 말이지.』

그것 또한 후길과 아샤리아가 경험해 온 가혹한 현실이다.

제아무리 최선을 다해 설득하더라도 구할 수 없는 이는 있기 마련이다.

『그러니까 그런 사람들을 구하기 위해서 이후의 계획을 준비한 거잖아요. 무사히 돌아와 주세요. 저는 제가 만든 「성식」과 함께 당신의 귀환을 기다리고 있을 테니까요.』

『…….』

평소에는 밝고 다부진 아샤리아의 표정이 처연한 이유는 후길이 강력한 개조 수술을 받는다는 것에 대한 불안 때문만은 아니리라.

그는 분명 무사히 돌아올 테니까.

그 이상으로 앞으로 시행해야 할 계획에 불안함을 품고 있었다.

그 사실을━ 지금까지 괴로운 현실을 함께 직시해온 후길은 잘 알 수 있었다.

『그런 표정 짓지 마. 너는 하겠다고 결심했잖아?』

『물론이죠. 설령 이번에는 잘 안 된다고 해도, 포기하지 않고 꾸준히 하는 것에 의의가 있는 거니까요.』

후길이 살며시 아샤리아의 손을 잡자 소녀는 목소리에 힘을 담으며 미소 지었다.

『평화로운 세계를 포기하지 않는다면…… 이 세상의 구조를 바꾼다면— 분명 언젠가는 도달할 거예요. 포기하면, 거기서 전부 다 끝나버리니까요.』

주먹을 꽉 움켜쥐고 수술용 유리 캡슐을 열었다.

후길은 망설이지 않고 그곳으로 들어가 문을 닫았다.

내부 스피커를 통해서 아직 아샤리아의 목소리가 들렸다.

『맹세해주세요. 저와 당신의 꿈을 이루겠다고, 사람들의 세상을 평화로 인도하는 꿈을 계속 좇겠다고—. 그것이 당신이 깨어날 때까지 용기가 되어줄 테니까요.』

『그래……. 그렇군. 맹세하겠어, 아샤리아. 내가 다음에 눈을 떴을 때— 너는 「성식」을 완성하고, 「구세의 여신」이 되는 거였지.』

『네, 다음에 당신과 만날 때— 당신은 《우로보로스》를 다루는 「시작의 영웅」이 되어 있을 거예요. 서로 힘내 봐요.』

마지막으로 그런 대화를 나눈 다음 후길은 포드 안에서 수술을 받고 깊은 잠에 빠졌다.

두 사람은 세계의 구제를 맹세하고, 새로운 희망을 품에 안고, 꿈을 키워 나갈 터였다.

—하지만 불행하게도 이야기는 여기서 끝나지 않았다.

영웅의, 혹은 사람의 이야기가 죽음으로 완결되는 것이라면, 여기서부터 하나의 이야기가 사라지고 태어난 것이다.

†

룩스, 에이릴, 아이리가 『대성역』 중추로 전송된 후. 지상에 남은 인원들 중 하나인 티르파가 모닥불 앞의 모포 위에서 뒹굴대며 중얼거렸다.

주력들의 장갑기룡 수리가 끝나 모닥불 앞에서 다들 쉬고 있었다.

후길이 들이올 때까지 기장 빠른 예상 시간은 앞으로 두 시간 뒤. 하지만 그 예측도 절대적이라고 하긴 어려웠으며, 자동인형 아샤리아도 여전히 건재한 까닭에 방심할 수 없었다.

물론 이 일대는 마기알카의 보좌관 롤로트가 《드레이크》로 경계하고 있었지만―.

"전투를 앞두고 기다리는 시간은 참 따분하네. 잘 수도 없고 말이야."

"No. 조금 전까지 쿨쿨 자던 사람이 할 말은 아닌 것 같습니다만."

"안 잤어! 자려고 했지만 못 잤다구!"

티르파는 녹트의 지적에 반박했다.

"둘 다 조용히 좀 있어. 중추로 간 세 사람을 걱정해서 그런다는 건 알지만."

그렇게 나무라긴 했어도 삼화음의 리더, 샤리스는 두 사람
의 마음을 잘 알았다.

리샤가 그녀들의 실력에 맞춰 조율해준 덕분에 강화형 범용
기룡을 다룰 수 있게 되었지만, 본디 셋의 실력은 『칠용기성』
에 크게 못 미쳤다.

아니— 조금 전에 떠난 니아, 다우라보다도 한 수 떨어질 것
이다.

원래부터 후길과 싸울 때는 서포트에 전념할 생각이었다.

그럼에도 아무것도 하지 못한다면.

오히려 룩스를 비롯한 주력의 발목을 붙잡게 된다면—.

싸우다 죽는 것보다도 그게 훨씬 무서웠다.

하지만.

"티르파, 이제 와서 그러면 안 되지. 그가 뭐라고 말했는지
벌써 잊은 거야?"

"잘 기억하고 있네요. 에휴, 기쁘기는 한데, 뭐라고 해야 하
나…… 심경이 복잡하단 말이지."

룩스는 중추에 진입하기 전— 휴식 시간에 트라이어드를
찾아와 잠시 대화를 나누었다.

『남아줘서, 고마워. 아이리를, 부탁해도 될까?』

어딘가 애달파 보이는, 동시에 기뻐 보이는 미소로 그렇게
말했다.

대단한 힘이 되진 않을지도 모른다고, 세 사람이 겸손— 혹
은 사실을 말했지만—.

『그래도 모두가 있어주는 것만으로도, 내게는 힘이 돼.』

—그런 내용의 대화였다.

"도대체가 루크찌는 그런 행동을 자각 없이 하니까 곤란하단 말이지—. 그러니까 도움을 받은 여자애들이 안 반하고 배기겠어? 우리처럼 선을 딱 그을 줄 아는 친구를 가졌다는 걸 고맙게 여겨줬음 좋겠는데."

머리 뒤로 양손을 깍지 낀 티르파가 투덜거리자—.

"말은 그렇게 해도, 미련이 남아 있다는 게 훤히 보입니다만."

도끼눈을 뜬 녹트가 즉각 딴죽을 걸었다.

"시끄럽네요~! 당연히 선을 그은 척하는 거지! 안 그러면 기대하게 되잖아……."

어쩐지 애처롭게 느껴지는 티르파의 외침을 듣고 샤리스는 미소 지었다.

"그래도 마지막까지 이런 장난을 주고받을 수 있다니, 우리는 참 좋은 친구를 두었어."

"Yes. 긴장감이 부족하다고 바꿔 말할 수도 있겠습니다만."

한결같이 냉정 침착한 흑발 소녀를 샤리스가 등 뒤에서 힘껏 껴안았다.

"녹트도 끝까지 살아남으라고. 그러면 한 번은 기회가 있을지도 모르니까."

"측실인가~ 루크찌 성격을 생각하면 그것도 꽤 큰일이라고 생각하는데."

"……어째서 본처의 길을 포기하는 거죠?"

"말 안 해도 알면서 굳이 묻기는―. 상대가 너무 강하잖아?"

녹트의 지적에 고개를 떨구며 티르파는 모닥불 반대편을 바라보았다. 거기에는 『기사단』의 주력인 다섯 명의 소녀가 몸을 맞대고 앉아 있었다.

"정말이지, 끝까지 긴장감이 없는 녀석들이군. 이제부터 승산 없는 싸움에 뛰어들어야 한다는 현실을 모르는 건가……."

자기들 딴에는 작은 목소리로 대화하는 트라이어드의 대화를 들으며, 리샤가 한숨을 쉬었다.

"정말 그렇게 생각해? 그럼 신왕국의 여왕인 너는 국민을 위해서라도 만일의 상황에 대비해서 돌아가야 하는 거 아니니?"

크루루시퍼의 장난스러운 질문에 리샤는 불만스럽게 볼을 부풀렸다.

"크루루시퍼. 심술궂은 말은 삼가세요. 다들 같은 마음으로 룩스를 따라온 거니까."

세리스가 연장자답게 대화를 정리하자 크루루시퍼도 얌전히 물러났다.

"승산이 희박한 싸움이라는 건 잘 안다. 허나 『성식』이 부활하지 않는 진정한 평화를 되찾기 위해서는 이럴 수밖에 없어. 우리가 패배한다면 그저 그런 운명이었을 따름이겠지."

리샤는 팔짱을 끼고 눈을 내리깔면서 말했다.

"게다가―."

"마지막까지, 루우 곁에서 싸우고 싶어. 앞으로 무슨 일이 일어나도.”

“동감이어요.”

대화 사이에 눈발이 휘날리는 하늘을 올려다보던 피르히가 중얼거리자 요루카가 맞장구 쳤다.

“주인님께서 바라시는 싸움을 위해서, 우리를 필요로 하고 계시어요. 종자로서 이보다 더한 명예는 없답니다.”

“명예, 말이지…….”

요염하게 웃는 요루카를 크루루시퍼는 의심스러워하는 눈초리로 보았다.

“당신이야말로 종자 운운하면서 눈곱만큼도 단념한 것처럼 보이진 않는데. 아무리 봐도 개인적인 감정으로 룩스 군을 따르는 것 같단 말이지.”

“간파당하고 말았군요. 하지만 안심하시길. 저는 처음부터 주인님을 측실 중 하나로서 섬길 생각이었답니다.”

“뭣……!”

너무나도 거리낌없는 요루카의 고백에 놀라 주위에 있던 세 사람은 할 말을 잃었다.

그저 피르히만 평소처럼 멍한 표정이었다.

“왜들 그렇게 놀라시나요? 정확히 어느 분인지는 몰라도, 사흘간의 퍼레이드가 반복되는 동안 저 외에도 주인님과 맺어진 사람이 있지 않겠사옵니까?”

그것은 룩스의 측실이 되겠다고 선을 그은 요루카의 기준으로는 대수롭지 않은 말일지도 모른다.

그러나 번듯한 윤리관을 가진 다른 세 사람은 당황하며 외쳤다.

"잠깐! 그렇게 말하면…… 《우로보로스》의 세계 개변으로 기억이 리셋될 때마다 룩스가 다른 누군가와 연인이 된 것 같잖느냐!"

리샤가 진실을 맞추자 다른 네 사람이 반응했다.

"그건, 꿈이 아니었군요. 역시, 룩스는 절 좋아한다고—."

뺨을 붉게 물들인 세리스가 두 팔로 자신의 몸을 꼭 끌어안았다.

장의 차림인데도 그 커다란 가슴의 형태가 강조됐다.

"나도 기억하고 있어. 그 퍼레이드에서 룩스 군이 나를 선택해주었다는 걸—."

이어서 크루루시퍼도 평소의 냉정한 표정을 지우고 꿈꾸는 소녀처럼 어딘가 도취한 듯한 모습으로 중얼거렸다.

"나도, 루우가 병문안 와서, 좋아한다고 말한 적이 있는 듯한, 기분이……."

"제 경우에는 주인님께서 사람으로 인정해주—."

피르히와 요루카가 저마다 이어서 말한 순간 리샤는 더는 못 참겠다는 것처럼 폭발했다.

"에잇, 시끄럽다! 너희들이 겪은 게 설령 사실이라고 쳐도 이미 다 지나간 일 아니더냐! 현실적으로 생각하면 당연히 가장 마지막이었던 내가 최우선이지!"

리샤는 우렁차게 소리쳤지만 주위의 눈초리는 엄격했다.

"조금 전에 듣긴 했지만, 룩스 군은 사랑한다고 말했을 뿐이지 교제를 하자거나 결혼하자고 한 게 아니잖니? 그냥 기사로서 공주를 사모한다는 뜻 아니려나?"

"패배를 인정하지 않고 억지를 부리기는……! 사랑이 모든 것보다 앞서는 게 당연하지 않느냐. 이미 공주의 권한으로 결정된 일이란 말이다!"

"처음으로 공주의 권한을 쓰는 게 이거라니……."

흥분한 리샤를 보고 세리스가 당혹스런 표정으로 중얼거렸다.

하지만 크루루시퍼도 물러날 생각은 없는지 아주 쿨하게 넘겨버렸다.

트라이어드는 모닥불 건너편에서 애들처럼 실랑이를 벌이는 모습을 바라보았다.

"이건…… 이미 정해진 일이라고 생각했는데, 어쩌면 가능할 것도 같군요."

"그러게……. 루크찌도 참 난봉꾼이라니까. 그나저나 루프가 계속됐다면 어쩌면 우리에게도 가능성이—."

"없었을 것 같은데, 티르파. 아무리 그래도."

"아 진짜~! 나도 다 알거든요! 어차피 이길 수 없다는 것쯤은!"

샤리스는 토라진 티르파의 머리를 복잡한 미소를 머금은 채 쓰다듬었다.

그리고 그런 광경을 『칠용기성』과 아르마가 미묘한 표정으로 보며 중얼거렸다.

"언니는 비교적 진지한 사람이라고 생각했는데……."

"뭐, 저건 다 룩스 잘못이라네. 타고난 난봉꾼이거든, 그녀석은. 녀석에게 도움을 받으면 다들 저렇게 되기 마련이지."

혼자만 술을 마시고 거나하게 취한 마기알카가 호쾌하게 웃으며 맞장구를 쳤다.

옆에 있던 메르가 그 말을 듣고 하얀 숨결을 토해냈다.

"……뭐, 어떤 심정인지 모르는 건 아니야. 간접적이긴 해도 오빠에게 도움을 받은 나도―."

"친구라는 틀에서 소년과 교제할 수 있는 가능성도 있지? 확실히 친구라는 단어 안에도 그런 의미가……."

"그건 문제 있는 생각이니까 관둬. 그러다가 『열쇠 관리자』의 인격을 의심받게 될 걸?"

메르가 불쑥 끼어든 소피스를 나무라자 로자는 황홀한 표정으로 몸을 배배 꼬았다.

"난 그저 내 소임을 다할 뿐이야―. 그렇지, 무사히 싸움이 끝나면 그 사람 밑에 깔려서―."

"외면과 내면의 인격이 뒤섞였네만……."

성격이 휙휙 바뀌는 로자를 기가 막힌다는 시선으로 바라보며 핀잔을 거는 마기알카.

그보다 조금 뒤에서는 그라이퍼가 자기는 알 바 아니라는 듯한 느낌으로 드러누워 있었다.

"그런데 대장, 댁 뒤에 있는 그건 뭐야?"

그라이퍼는 드러누운 마기알카 뒤쪽에 있는 기룡에 눈길을 주었다.

신장기룡《요르문간드》.

원래는 마기알카 소유의 기룡이나 기룡사로서 활약할 수 없게 된 그녀에게는 무용지물이었고, 룩스에게 한 번 넘겨주기도 했다.

"응? 아아…… 이건 조정하는 중이라네. 그 아가씨도 쓸 수 있게 말이지. 시간이 좀 더 필요하지만, 하는 수 없지."

"또 무슨 흉계라도 꾸미는 거야??"

"남이 들으면 오해할만한 말은 하지 말게나."

메르가 미심쩍은 표정으로 묻자 마기알카의 입이 삐죽하게 튀어나왔다.

한없이 승산이 희박한 전투를 앞두었다고는 생각할 수 없는 평온한 분위기에 다들 쓴웃음을 지으면서도 시간을 보내던 도중에―.

바스락.

불현듯 근처 수풀에서 소리가 들리자 전원이 숨을 삼켰다.

장의로 몸을 감싼 은발 소녀― 자동인형 아샤리아가 그곳에 서 있었다.

†

"그래서…… 어떻게 된 거죠? 후길과 과거의 당신은."

은색 벽과 무수한 톱니바퀴로 에워싸인 중추 내부―.

갑작스럽게 침묵이 찾아오자 에이릴은 의아한 표정으로 질문했다.

후길이 엘릭시르 재투여를 통한 강화 수술을 받기 위해서 휴면 포드에 들어갔다는 부분까지 아샤리아가 얘기했을 때, 갑자기 인공지능 입체 영상이 정지했다.

"실례했습니다. 지상에서 잠시 움직임이 있었던 것 같아 경계했을 뿐이에요. 아직 후길은 돌아오지 않았군요. 이야기를 계속하겠습니다.

"……."

룩스 일행은 내심 바깥 상황이 궁금했지만 어차피 이야기를 끝까지 들어야만 뭐라도 시작할 수 있다.

숨을 죽이고 그녀의 이야기가 다시 시작되기를 기다렸다.

"결론부터 말하자면 후길의 수술은 성공했고, 제 본체― 아샤리아는 사망했습니다."

"읏……."

룩스 옆에 있던 아이리가 그 말을 듣고 살짝 움찔했다.

『성식』의 모델이 된 인물― 공주이자 연구자인 아샤리아가 사망했으리라는 건 어렴풋이 상상한 바였지만, 막상 듣게 되니 충격적이었다.

그녀가 해준 이야기를 믿는다면 1천 년도 더 지난 전란의 시대에 사람들을 구하기 위해서 싸웠던 인물이니까.

원래는 모든 사람을 구제하기 위한 장치였던 『성식』에 독이 섞이며 현재와 같은 살육병기가 되어버렸다.

그 사상은 후길이 중얼거리던 말의 단편을 통해 룩스도 아는 바였다.

그러나 구체적인 이야기를 듣는 것은 이번이 처음이었다.

"—이야기가 조금 되돌아가겠지만, 그 전의 상황부터 말씀드리겠습니다."

아샤리아의 입체 영상은 양해를 구한 후 이야기를 재개했다.

"한때 아카디아 황국은 평화를 되찾았습니다. 하지만 다른 민족이나 『배신자 일족』의 증오는 뿌리깊었어요. 가족을 빼앗기고, 살해당하고, 남은 이들 또한 존엄과 인간의 기능을 파괴당했지요. 그런 이들에게서 이어받은 원한을 풀기 위해서 다시금 세계를 전화(戰禍)에 삼켜지게 했습니다. 그런 와중에 당시의 저는 『배신자 일족』의 테러리스트를 붙잡아 수감한 채처우를 어떻게 할 것인지 망설이고 있었어요."

"……."

그 무리들은 『배신자 일족』 중에서도 과격파였다고 한다.

구제국은 반란을 몇 번이나 진압했지만, 구제국을 향한 반란군의 원한은 어마어마했다.

아카디아 제국조차 그랬으니 그 이상으로 증오의 연쇄가 계속된 1천 년 전 황국의 모습은 쉽게 상상할 수 있었다.

그 몇 대 후에 헤이즈를 비롯한 『창조주』가 나타난 것이리라.

"이기적인 얘기이지만, 죄로 손을 물들인 그들을 《우로보로스》의 세계 개변으로 구하려는 시도를 해봤습니다. 그때까지

— 그들의 조부모나 부모로부터 이어진 증오를, 나라에 남은 분노의 흔적을 없애면 혹시— 그렇게 생각했기 때문이지요. 하지만……."

새로운 복수의 연쇄를 끊어내기 위해 《우로보로스》와 『성식』을 만들어냈다.

《우로보로스》는 사람의 인식을 고쳐 써서 사람들을 멸망으로 내모는 지식 및 기억을 개변하기 위해서.

『성식』은 구제를 강하게 소망하는 이에게 역전할 수 있는 힘을 주기 위해서.

"하지만……?"

†

"……."

주변을 뒤덮은 은색 벽.

후길은 유적 『모형 정원』에서 일어난 참극을 회상했다.

수술용 포드 안에서 깨어났을 때, 자신 앞에는 아무도 없었다.

정적이 내려앉은 무음의 공간.

후길은 준비되어 있던 옷과 코트, 《우로보로스》의 기공각검^{소드 디바이스}을 들고 포드에서 나왔다.

『팔다리는, 몸은 움직여…… 기분도 나쁘지 않고.』

대량의 엘릭시르에 적응하는 강화는 성공한 듯했다.

세포 하나하나가 기운을 발산하는 것처럼 열기를 만들어냈다.

아샤리아의 손에 몸을 맡기는 것이 두렵지는 않았다.

수년 동안 전투를 치르는 과정에서 그녀의 기술을 전폭적으로 신뢰하게 됐고, 만에 하나 실패로 끝난다 해도— 그것도 바라는 바였다.

희망이 보이지 않는 이 세계에 평화를 되찾아주겠다는 소원.

바꿔 말하면 강자가 약자를 계속 약탈하는 법칙의 개변.

복수와 증오의 연쇄를 끊어내기 위해서 그녀는 누구보다도 열심히 싸워 왔다.

후길과 아샤리아의, 두 사람의 꿈을 이루기 위한 도박이었다.

『곤란한 녀석이군. 깨우는 건 자기가 할 일이라고 말한 주제에 눈앞에 없을 줄이야…….』

무음의 공간에서 후길은 그렇게 농담을 했다.

어쩌면 아샤리아가 눈앞에 없다는 점에서 이미 어떠한 사건을 예감한 것일지도 모른다.

그러나 그때는 알아차리지 못했다.

후길은— 마음 속 어디선가 믿고 있었기 때문이다.

이 황량한 시대 속에서 싸우는 동안 타인의 불행을 셀 수 없을 만큼 목격해왔다.

그럼에도 진정으로 소중한 존재는 지켜낼 수 있을 거라고, 은연중에 믿고 있었다.

『아샤리아……?』

『모형 정원』의 수술실 문은 바깥에서 잠긴 채였지만, 벽 근처에 한 소녀가 앉아 있었다.

『시스템, 재기동 완료. 당신은— 웬 놈입니까?』

머리에 산양 뿔이 돋아난 자동인형의 이름은 클랑리제.

잠들기 전에 후길과 몇 번 대화한 적 있는 구면이었다.

『어째서 네 기억이 초기화된 거지? 아샤리아는 어디로 간 거냐?』

『잠시만 기다려주세요. 파괴되기 전의 기억을 다운로드. 「모형 정원」 내부의 생명 반응을 탐지하겠습니다—. 아하…… 과연. 그랬던 거군요.』

『무슨 일이 일어난 거지? 아샤리아는 무사한가?』

『……후길, 우선 전투 준비를. 당신이 지금 들고 있는 기공각검의 《우로보로스》는 너무 거대해서 이 실내로 전송할 수 없습니다.』

『내가 물어본 건 그게 아니었을 텐데. 아샤리아는 어디 있지?』

『그건…… 발각됐습니다, 적에게.』

『문이 열렸잖아…… 네가 그 영웅이냐! 자동인형도 분명 박살냈을 텐데 부활했잖아!』

문이 열리는 소리를 듣고 들어온 건 면식이 있는 남자였다.

과거에 『창조주』에게 핍박받아 원한을 품고 그들에 대한 복수와— 엘릭시르의 강탈을 계획한 테러리스트.

하지만 계획 단계에서 후길에게 진압당했고, 황도 지하에 투옥됐을 터다.

그중 한 명이 어째서 이 『모형 정원』에 있단 말인가?

알 수 없었다.

하지만 생각할 틈도 없이 후길의 몸이 움직였다.

『이봐! 생존자를 찾았다! 이 자식을 붙잡아서 알아내자고! 그 「성식」을 제어하는 법을―.』

그렇게 말하고 남자는 《와이번》을 소환해서 장착했다.

반면에 후길은 《우로보로스》을 소환할 공간이 주위에 없어서 절체절명의 상황에 처했다.

그럴 터였다―.

『후길! 얼른 토끼세요! 여긴 제가―.』

『……늦었다고.』

후길을 붙잡기 위해 눈앞의 남자가 《와이번》으로 날아올라 육박했다.

시간으로 따지면 콤마 몇 초의 돌진이 후길의 눈에는 마치 멈춘 것처럼 보였다.

오감으로 포착하고, 확인한 기룡의 예비 동작에서 추측할 수 있는 다음 행동을 예측.

사고력이 일반인과 비교도 되지 않는 속도로 작동하며 최선의 행동을 골라 실행했다.

『앗?』

돌격하면서 뻗은 《와이번》의 장갑 팔은 허공을 갈랐고, 대신에 후길이 뽑은 《우로보로스》의 기공각검이 장벽을 뚫고 팔에 박혔다.

힘줄을 끊어 기룡 조작의 선택을 배제하는 동시에 격통을 유발해서 모든 행동을 봉쇄했다.

『끄, 아아아아아악······!』

쇼크와 격통을 못 버티고 남자는 기룡을 해제하고 말았다.

후길은 남자의 멀쩡한 쪽 팔을 잡고 비틀어 꺾으며 귓가에 속삭였다.

『감옥에 가둬 두었던 네놈이 어째서 여기에 있지? 아샤리아는 어디 있는 거냐?』

『어, 어떻게 기룡도 아니고, 맨몸으로 이런 짓을······ 끄아아아아아악!』

남자의 팔을 마른 나뭇가지처럼 쉽게 부러뜨린 후길은 냉철하게 선고했다.

『대답해라. 다음은 없다.』

『저, 저쪽이다······. 이 방을 나가서 가장 안쪽―. 그보다 빨리 그 괴물을 제어할 방법을, 찾지 않으면······!』

『괴물······?』

후길은 남자의 이해할 수 없는 발언에 눈살을 찌푸렸다.

그리고 가장 안쪽 방으로 걸어갔다.

망을 보던 기룡사를 마찬가지로 베어버리고 안으로 들어갔다.

아샤리아가 『성식』을 연구, 개발하던 그 방에는―.

『너, 넌 뭐냐······?!』

『설마 그 열리지 않는 방에 있던 녀석인가―.』

『저 자식은 분명 한 달 전에 우리를 붙잡은 영웅―.』

그 방에는 테러리스트 몇 명이 모여 있었다.

하지만 그들이 하는 말은 후길의 귀에 들리기는 했어도 닿지는 않았다.

방 중앙에는 사지와 안구가 없는 시체가 매달려 있었다.

난도질당하고, 뜯겨나가고, 불에 타고, 녹아내린, 이 세상에 존재하는 모든 고통을 받고 파괴된 잔해였다.

눈에 익은 은발. 갈기갈기 찢긴 드레스.

틀림없이, 저것은 틀림없이, 아샤리아였던 존재―.

함께 흩어져 있는 기계 파편은, 아마도 통괄자[기어 리더]를 파괴한 흔적이리라.

『어째서 마스터가……?! 아니, 그보다도 저놈들을 배제하겠습니다! 후길, 일단 여기서 달아난 후 방을 봉쇄―.』

클랑리제가 즉시 후퇴를 제안했다.

그러나 마음이 텅 비어버린 후길의 몸은 자연스럽게 움직였다.

『오, 오지 마! 우리에겐 장갑기룡이― 큭!』

후길이 《우로보로스》의 기공각검을 뽑는 동시에 그 칼날이 남자의 손목을 절단했다.

이미 기룡을 착용한 자는 장벽을 꿰뚫고 가슴에 검을 깊이 박아 넣었다.

『커, 흑…… 어떻게, 어떻게 맨몸으로 이런 짓을―.』

후길은 자신의 신체가 초인으로 거듭났다고 생각했다.

여러 차례 투여한 엘릭시르 때문에 육체 자체가 변질되고 진화했다.

마지막 강화 수술로 전신에 『세례』를 받았고, 일반적인 환신수보다 강력한 신체능력을 얻게 되었다.

　『당신은…… 대체 뭐하는 작자입니까? 인간이, 인간이 맨몸으로 이런 짓을 하다니―.』

　『…….』

　경악하는 클랑리제의 말은 아무런 느낌도 없이 귀에서 빠져나갔다.

　후길은 《우로보로스》를 다루기 위해 자기 의지로 초인이 되었다. 육신이 인간과 동떨어지게 되더라도 마음은 인간인 채 싸울 수 있으리라고 생각했다.

　그러나 지금은―.

　마음까지 인간이 아니게 되었다면 좋았을 거라고 생각했다.

　『이 방의 영상 기록을 다운로드 해보죠. 후길, 잠깐만 기다리시길.』

　보지 않아도 상상이 갔지만, 확인해보니 과연 생각한 대로였다.

　평화로워진 뒤에도 원한을 꾸준히 키워온 『배신자 일족』의 과격파―.

　개심시키기 위해 붙잡은 녀석들과 손잡고 탈옥을 도와준 배신자가 동료 중에 있었다.

　그들과 협력해서 유적―『대성역』도 손아귀에 넣어 세계를 지배할 계획을 꾸몄다.

　그리고 최대 최강의 종언신수 『성식』^{라그나뢰크}을 제어하여 자신들을 방해하는 이들을 먹잇감으로 던져주고, 그 인간을 재료로 만들어 낸 엘릭시르를 자신들에게 투여해서 번영할 생각이었다.

그런 지배자의 욕망을 구현하는 장치로 개조하기 위해 아샤리아를 고문했으나―.

『아무래도 아샤리아 님은…… 마스터는 끝까지 굴복하지 않으신 모양입니다.』

『…….』

이 처참한 흔적을 보면 알 수 있었다.

어떠한 고문이 쏟아져도 아샤리아는 끝까지 그들의 요구를 거절했으리라.

그리고, 목숨을 잃었다.

그 후에 어떻게든『성식』을 이용하기 위해서 프로그램을 고치다가 난관에 봉착했고, 마음대로 조종하는 방법을 찾는 도중이었던 듯했다.

그것이 정황 증거와 반역자들이 내뱉은 말의 내용이었다.

『제기랄! 왜 방해하는 거냐!』

아직 살아있는 한 명.

테러리스트와 손잡은『배신자 일족』남성이 손발을 구속당한 채 소리쳤다.

『우리에게도 권리가 있을 거야! 일찍이 갖은 핍박을 받고, 동포와 가족조차 약의 재료가 된 우리에게는, 녀석들에게도 똑같이 갚아줄 권리가 있을 거라고!』

『…….』

후길도 과거에는『배신자 일족』—『창조주』의 압정에 저항하는 조직의 일원이었다. 그러나 아샤리아와 만나고 그녀가 진정한 평화를 원한다는 것을 알게 됐다.

그러나 이 남자는, 그들은—.

압정에서 해방되었건만 여전히 과거의 고통에 사로잡혀 있었다.

아군이 된 후로도 복수의 욕망을 남몰래 품고 있었다.

과거에『창조주』가 누렸던 절대왕정을 부러워했다.

때문에 후길과 아샤리아를 따르던 동료 중 하나가 테러리스트를 가둬 둔 감옥을 열고, 권력을 빼앗으려는 계획을 세웠다.

그리고 후길이 잠든 틈을 노려 아샤리아를 죽였다.

이 세상의 모두를 구하고자 했던『구세의 여신』의 꿈은 여기서 무너지고 말았다.

『—아니, 아니야.』

후길은 사실을 받아들이는 것보다도 빨리, 그렇게 말했다.

『아직 끝나지 않았어. 네가 만든「성식」과《우로보로스》가 남아 있잖아. 너와 내가 꾸었던 꿈은— 사람에 의한 세계 평화를 이룩하겠다는 꿈은 아직 끝나지 않았어.』

『후길……?』

옆에 있던 클랑리제는 또 다른 주인의 얼굴을 올려다보았다.

『시작의 영웅』이라 불리었던 그 사내의 얼굴에서는 슬픔이나 고통이 느껴지지 않았다.

그저 끝없는 심연 같은 구멍만이 남아 있을 뿐—.

그의 얼굴에는 아무것도 남지 않았다고, 자동인형 클랑리제는 생각했다.

『클랑리제. 지금 바로「성식」을 기동할 수 있나? 조작 순서에 대한 기록을 꺼낼 수 있나?』

『잠시만 기다려주세요……. 가능합니다. 하지만…… 한 달 전에 완성된「성식」의 프로그램을 누군가가 건드린 흔적이 있습니다.』

후길이 잠들기 얼마 전— 이 세상 인간들의 의지를 투영해서 움직이는『성식』의 행동 프로그램은 완성되었다고, 아샤리아는 말했다.

그렇다면 이것은『배신자 일족』의 반역자들이 자신들의 욕망을 이루기 위해 건드린 결과이리라.

아니면 아샤리아를 위협해서 개조를 시도했을 것이다. 상황으로 미루어 볼 때 그럴 것이라고 후길은 추측했다.

즉 이『성식』의 행동 패턴 중 일부에 이상이 생겼을 터였다.

『프로그램의 어느 부분이 바뀌었지?』

『악의에 감응해서 인간을…… 습격하는 부분입니다. 선행을 한 만큼 인간의 목숨을 빼앗는 기능이 추가됐습니다. 아마도 균형을 맞추기 위한 거겠죠.』

플러스와 마이너스.

불우하고 부족한 사람.

빼앗기고, 괴로움에 시달리는 사람의 슬픔과 분노에 감응하여『성식』은 엘릭시르라는 힘을 빌려준다.

그 기준은 사람들의 소원을 통합해서 판단한다.

　그와 동시에 자신의 활동 에너지를 얻고 엘릭시르를 정제하기 위해서 사람을 잡아먹는다.

　분노와 증오를 품은 누군가의 의지에 감응해서, 또는 강한 살의나 적의를 가진 사람의 마음에 반응해서 살육을 저지른다.

　후자 쪽은 정상적인 『성식』에는 없던 기능이지만—.

　『어쩌면 그게 옳은 걸지도 모르겠군.』

　『성식』의 기본 이념은 사람들의 의지에 의한 구제.

　사람이 태어나면서 갖는 선한 성질을 믿는 것에서 시작된다.

　그러나 현실은 단순하지 않다.

　그렇다면— 악의를 가진 인간의 사념이 섞여서 파괴와 살육을 저지른다 해도— 어쩔 수 없을 것이다.

　『그것이 아샤리아를 거부한 인간의 선택이다. 성식을 기동해라.』

　『분부대로 합죠. 그럼—.』

　클랑리제가 후길의 지시에 따라 『성식』을 해방했다.

　그리고 투명한 강화 유리문이 열리자 무시무시한 속도로 먹잇감에 달려들었다.

　『—키, 샤아아아아아아앗……!』

　『끄아아아아아악!』

　아샤리아와 똑같이 생긴 인간형 라그나뢰크는 후길이 붙잡아둔 테러리스트의 목에 손가락을 꽂고 잡아 뜯었다.

순식간에 먹어치우고 에너지를 흡수했지만, 후길에게 적대하려는 의사는 보이지 않았다.

그저 생전의 아샤리아를 그대로 옮긴 모습으로 웃을 뿐이었다.

『……그렇군. 역시 그 남자는 죽어 마땅한 놈이었던 건가.』

『…….』

『성식』이 후길의 슬픔과 분노를 감지하고 남자를 죽인 것인지 알 길은 없었다.

후길은 더 이상 자신의 마음을 알 수 없게 되었기 때문이다.

어느새 아샤리아와 만나기 전의, 모든 것이 어찌 되든 상관없다고 생각하던 공허한 자신으로 돌아왔다는 걸 느꼈다.

'이게 초인이 된 대가인가……? 아무것도 느껴지지 않아.'

개변기룡《우로보로스》를 감당할 수 있는 육체와 정신을 얻게 된 대가일까. 가장 가까웠던 소녀를 잃어버렸음에도 어떠한 슬픔조차 느낄 수 없었다.

대신, 텅 비게 되었다.

자신을 움직여주는 심장이 없어진 것만 같은 착각이 들었다.

『이대로 둬도 괜찮을까요? 기동한 「성식」은 구제와 살육을 번갈아 하면서 세계의 균형을 유지하려고 하겠죠. 누군가가 그것을 막을 때마다 「대성역」에서 더욱 강하게 다시 태어날 테고요.』

『난 계획대로 할 거다. 이 「대성역」을 맡길 자격이 있는 왕을 찾아, 사람의 손으로 이 세상을 관리하게 해야지. 나는

《우로보로스》로 우선 살육으로 점철된 과거의 역사를 지우겠다. 네 기억도 한 번 지워야 해. 쓸데없는 정보를 인간에게 주고 싶지 않으니까.』

『계속하시려는 거군요. 이 방법이 옳은 것인지, 그른 것인지, 알 수 없게 됐는데도—.』

『그래.』

클랑리제의 질문에 후길은 진지한 표정으로 끄덕였다.

눈앞에 있는 『성식』이, 아샤리아로 의태해서 후길의 마음을 투영하고 말을 자아냈다.

『분명 해낼 수 있을 거예요, 후길. 포기하면 모든 게 끝나버리니까요.』

『그래, 그렇지.』

앞으로 나아가다 보면 언젠가는 도달할 수 있다.

차별이 없는, 모든 인간이 구원받는 세상에 도달할 수 있다.

두 사람이 소망했던 이상적인 세계를 구축할 수 있다.

『만약— 그래도 실패한다면.』

『성식』이 아샤리아의 말을 되풀이했다.

『사람들의 마음이 상처받아 뒤틀리고, 서로 끊임없이 상처를 주게 되어 도저히 손을 쓸 수 없게 된다면.』

이제부터 홀로 구제의 꿈을 좇아야 하는 후길에게 계시를 내리는 것처럼.

『한 번, 전부 다 잊고 다시 시작해요.』

격려하는 것처럼.

『다시 처음부터 시작해요. 언젠가 그런 세계에서 다시 만날 거라고 믿으며.』

저주처럼.

『해낼 수 있으리라고 믿으며, 계속 좋아요.』

『……약속, 했지.』

입술을 비집고 새어 나온 후길의 말에, 감정은 실려 있지 않았다.

『그럼 이제 《우로보로스》가 있는 곳으로 안내해드리죠. 「고대의 숲」에 숨겨둔 「대성역」으로―. 그쪽도 조만간 위치를 옮기는 게 좋을지도 모르겠네요.』

『…….』

그 후에 기동한 세계 개변에 의한 인식 조작으로 사람들은 수백 년에 걸친 싸움에서 비롯된 증오의 기억을 잊을 수 있었다.

그렇게, 세계에는 일시적으로 평화가 찾아왔다. 그러나 세계 개변에는 막대한 에너지가 소비되고, 남겨진 기록을 보고 과거를 떠올리는 사람도 나타났다.

유적에 대한 기억을 떠올리고 찾아다니는 사람들을 방해하기 위해서 일찍이 『창조주』가 이용했던 환신수를 배치해서 방어했다.

최종적으로 아샤리아를 대신해 왕의 자격을 가진 사람에게 『대성역』을 맡길 수 있는 미래를 만들기 위해서 움직였다.

그 시대의 사람들이 살고, 무엇을 선택하고, 무엇을 바라는지 계속 지켜보았다.

그리고 후길은 약자의 편을 들었다.

권력의 균형이 무너져서 지배자 쪽으로 크게 기울고 약자가 도저히 뒤집을 수 없는 상황에 처했을 때, 판을 다시 흔들어서 되돌리기 위해 움직였다.

약자가 강자가 되고, 다시 일방적인 지배를 꾀하면 남몰래 처리했다.

『창조주』와 『배신자 일족』 사이를 번갈아 오갔다.

타국에게 침략당하고 그들이 실권을 쥔 시대도 있었다.

각각의 씨앗을 남기기 위해서 몇몇 인간을 냉동수면으로 잠재웠고, 올바른 판단을 할 수 있게 되도록 기다렸다.

새로운 가능성을 끊임없이 모색했다.

그러나— 후길이 바라던 영웅은, 『대성역』을 얻을 자격이 있는 후계자는 천 년이 지나도 나타나지 않았다.

어느새 후길마저도 세계를 유지하는 시스템의 일부가 되었다.

"왜 이렇게 됐을까? 나를 구해주지 않았다면, 너는 그때 죽지 않았을까? 분에 맞지 않는 꿈을 꾸지 않고 『창조주』의 일원으로 생을 마감했을까?"

아샤리아의 죽음을 단순한 사고로 받아들였다.

그러나 애초에 『배신자 일족』이었던 후길을 거두어들이지 않았더라면, 그녀가, 아샤리아가 이런 꿈을 품는 일이 없었을지도 모른다.

그런 생각이 들기도 했다.

증오와 분노로 물든 반역자 일족— 신성 아카디아 황국의 불온분자.

아샤리아는 그런 후길이 무언가를 구하려고 하는 모습에 감동받았고, 사람의 선한 의지를, 희망을 발견했다고 했다.

하지만, 애초에 그게 실수였던 것은 아닐까?

사람이란 결국 지혜를 가진 짐승에 지나지 않는다.

자신들의 욕망을 이기지 못하고 욕망에 물들어서 신세를 망치는 것이야말로 인간의 참모습이 아닌가?

언제부터인가 그렇게 생각하게 되었고, 그럼에도 반복해서 도전했다.

전투, 전투, 전투, 전투, 전투.

평화로운 세상을 만들기 위해서 후길은 싸웠다.

죽음의 문턱에서 되살아나고, 수많은 역사를 반복해서 경험하고, 일반인은 도저히 버틸 수 없는 『세례』를 기적적으로 받아들여 초인이 되었다.

그럼에도, 세상을 구할 수 없었다.

『성식』이 원래 구상했던 모습으로 돌아오는 날이 과연 올 것인지는 미지수였다.

그래도 다시 되돌려야 했다.

설령 이 모든 것이 파도가 밀려오는 모래사장에서 노는 것과 다를 게 없더라도.

"포기하면, 거기서 전부 다 끝나버리니까……."

아샤리아가 했던 말을 읊조리자 천 년 전 『모형 정원』의 광경을 보여주던 환각이 사라졌다.

과거를 되돌아보는 시간은 끝났다.

"가자. 내 사명을 완수하러—."

그리고 영웅은 현실로.

『대성역』이 있는 『고대의 숲』으로 돌아갔다.

_{아발론}

†

"네놈, 뭘 하러 온 거냐!"

신전터의 야영지.

룩스와 에이릴, 아이리가 지하 중추에 들어간 상황에 갑자기 자동인형 아샤리아가 나타났다.

그것을 본 리샤는 경계심을 곤두세우며 신속하게 기공각검을 뽑았다.

그러나 은발의 자동인형은 전투 의지를 보이지 않았다.

"오해하지 마시길. 저는 여러분을 설득하러 왔을 뿐입니다. 이미 중추에 들어간 세 분에게도 전해주셨으면 합니다만, 이곳에서 즉시 떠나주세요. 참고로 이 몸은 나노 머신으로 만든 분신이라 파괴해도 의미가 없습니다."

아샤리아는 감정이 느껴지지 않는 기계적인 어조로 말했다.

"저는 단순히 부탁하기 위해서 이곳에 왔을 뿐입니다. 『성식』은 일단 활동을 정지하면 최소한 몇 년은 부활하지 않습니다. 설령 《영겁회귀》로 기억이 지워지더라도 한동안 평화로운 시간을 보낼 수 있지요."

"……."

자동인형이 교섭을 시도하자 당황한 리샤 옆에서 크루루시퍼가 고개를 들고 입을 열었다.

"너도 참 말이 안 통하는 사람이구나? 아니, 로봇이라고 해야 하나? 지금 여기에 모인 사람들이 그런 말을 듣고 순순히 떠날 것 같니?"

"―."

크루루시퍼의 말에 동의하는 것처럼 『기사단』, 『칠용기성』, 『창궁사단』 멤버들이 고개를 살짝 끄덕였다.

조금 전에 룩스와 함께 싸울 각오를 다진 사람들이다.

이제 와서 물러나는 건 어불성설이다.

그 의지를 재차 통괄자에게 부딪치자―.

"그렇겠죠. 저는 쓸데없는 짓을 하고 있는 걸지도 몰라요."

"그럼 당장 떠나시죠. 그 이상의 허튼소리는 불허하겠습니다."

이어서 세리스도 자동인형의 분신체에게 으름장을 놓았지만―.

"그 사람은, 괴로워하고 있어요. 제 외모의 모델인 아샤리아 공주가 죽은 뒤로, 계속."

"……."

갑자기 화제가 바뀌자 그 자리에 있는 모두의 얼굴에 당혹스런 기색이 올라왔다.

"후길의 목적은 영웅을 찾는 것. 자기 자신이 되지 못한 것을 계속해서 좇는 것. 불사의 초인이 된 그는, 이 세계를 인도하는 것 외의 소망을 찾아내지 못했습니다."

표정 없는 자동인형 소녀는 담담하게 말을 이어 나갔다.

"저주에 사로잡힌 후길은 그 누구도 막을 수 없어요. 여러분이 반항한 끝에 전멸한다면 그는 더욱 괴로워하겠죠."

"그래서 요점이 뭔데—? 그 남자가 몇 번이고 반복 중인 이 촌극에, 역사 수정에 영원히 어울려 달라 이거야—? 남을 웃기는 재능이 대단하네—. 인간을 대등하다고 생각하지 않는 주제에?"

지금까지 입을 다물고 있던 로자가 오만하게 웃으며 받아쳤다.

"그런 점이 참 짜증난다니까. 사람을 실험동물로만 보는 자세가."

이어서 메르도 저항 의지를 드러냈다.

"알았으면 얼른 사라져! 이 이상 휴식을 방해하면 매운 맛을 보여주마!"

리샤의 동생 아르마까지 기공각검을 들며 소리쳤다.

하지만 여기서 자동인형 아샤리아는 그때까지와 다른 반응을 보였다.

"여러분의 힘으로, 막을 수 있었을까요? 후길이 움직이지 않았더라면 구제국을 무너뜨릴 수 없었을 겁니다.『창조주』리스테르카가 세계를 지배하게 됐겠죠. 아닌가요?"

"……무슨 말을, 하는 거야?"

소피스가 의아한 표정으로 자동인형 아샤리아에게 되물었다.

"애초에 후길과 『성식』이 힘을 빌려줬기 때문에 녀석들이 지배하겠다는 생각을 품은 거잖냐. 헛소리는 집어치우시지."

그라이퍼의 지적에도 자동인형은 동요하지 않았다.

"그들도, 그녀들도 원래는 권력자에게 핍박받았습니다. 그래서 후길은 그들이라는 약자를 구하기 위해 힘을 빌려주었지요. 그들이 어느새 힘을 키워 또 부조리하게 약자를 착취하게 됐고요. 그러한 현실 속에서 여러분이 세계를 구하지 못한 건 사실입니다."

"……."

그 말을 듣고 리샤는 입을 다물었다.

구제국의 압정을 펼치던 시절. 리샤의 아버지 아티스마타 백작은 룩스와 힘을 합쳐 구제국에 반기를 들었지만, 결국 전사하고 말았다.

룩스도 아이리를 인질로 잡히는 바람에 혁명은 실패로 끝났다.

그것이 후길이 암약하지 않은 경우의 현실이다.

그 현실을 《우로보로스》로 개변했고— 구제국은 멸망했다.

『창조주』와 『대성역』을 두고 쟁탈전을 벌였을 때도 지배를 꾀하던 리스테르카를 후길이 죽이지 않았다면 리샤를 비롯한 모두가 처형당했을 가능성이 높다.

"약자에 의한 혁명은 불가능합니다. 강자가 개입하지 않으면 세계는 바뀌지 않아요. 그리고 후길은 그 사명을 홀로 짊어지고 있어요. 결코 도망치지 않고 계속 싸우고 있지요."

"큭……!"

리샤는 반박하려했지만, 말을 꺼낼 수 없었다.

만약 후길이 룩스를 발굴해서 혁명을 일으키지 않았다면—그리고 황족들을 몰살하는 마지막 단계가 없었다면, 리샤는 구제국의 암살자로 전락하여 혹사당한 끝에 버려졌을지도 모르니까.

자동인형이 하는 말에는 숨은 뜻이 있었다.

후길이 있든 없든 세계는 변하지 않는다고.

변하기는커녕 후길과 『성식』이 구제한 약자들마저 없어지게 될 거라고.

"당신에게, 당신들에게 그런 힘이 있나요? 세상의 업보와 맞설 각오는 있고요? 그것도 아니면서 그를 쓰러뜨리겠다고 주장하는 건 자기만족이나 다름없어요."

"그건—."

"……."

리샤만이 아니라 그 자리에 있는 모두가 아무 말도 하지 못했다.

자신들이 저항할 수 없었던 운명.

그것에 계속 농락당했기 때문에 자신들이 분명히 올바르다고 단언할 수 없었다.

하지만—.

"—있어."

눈이 내리는 숲 속에 룩스의 목소리가 울렸다.

키이잉……! 하는 소리가 나더니 조금 떨어진 지점에 빛이 생기고, 세 사람이 전송됐다.

그리고 올곧은 시선으로 자동인형 아샤리아와 대치했다.

"룩스?! 무사했느냐?! 『성식』의 재생 시스템은 어떻게 됐느냐?! 《우로보로스》에 대항할 수 있는 정보는 얻었고?!"

리샤를 비롯한 『기사단』 멤버들이 전부 룩스 쪽을 보았다.

"네. 『성식』의 기동 스위치는 에이릴이 멈췄습니다. 《우로보로스》와도 어떻게든 싸울 수 있을 것 같고요."

룩스는 득달같이 물어보는 리샤에게 대답하면서 모두의 안전을 확인하는 것처럼 주위를 둘러보았다.

그리고 마지막으로 후길에게 남은 유일한 아군인 자동인형 아샤리아에게 시선을 고정했다.

"네 얘기를 후길의 전언으로 받아들여도 될까?"

앞으로 몇 시간 뒤면 후길이 이곳으로 돌아온다.

그 전에 룩스 일행이 후퇴하게끔 설득하라고 자동인형에게 맡긴 것이라고 생각했지만—.

"아니요. 이건 제 독단이에요. 그의 삶을 계속 지켜보고 기록해온 존재로서, 유적이라는 시스템의 관리자로서 내놓은 의견입니다."

그 질문을 단호하게 부정하며 자동인형은 마주 섰다.

"저는 줄곧 봐왔습니다. 유적은 분명 인간이 윤택한 삶을 누릴 수 있게 해주기 위해서 만들어졌지만, 인간에게는 분에 넘치는 것이 현실이죠. 뛰어난 기술이 반드시 인간을 행복하게 해주는 것은 아니에요. 일부 권력자들이— 자신들만 이익을 얻기 위해서, 다른 이들을 핍박하기 위해서 사용했고, 그것이 인간의 역사입니다. 뒤집을 수 없는 현실이죠."

"천 년 이상 인간을 관찰해온 너의— 후길의 답이 그거라는 거야?"

"네. 이것이 세계를 구하는 영웅인 그가 도달한 답입니다."

즉각 수긍하는 아샤리아를 보며 룩스는 살짝 고개를 저었다.

"그건…… 분명 거짓말이야. 후길은 답을 찾지 못했어. 그래서 반복하고 있는 거야. 자신의 행동이 과연 옳은 것인지, 그 답을 확인할 길이 없으니까 싸우는 거라고."

"그렇다면 당신은 찾아냈다는 건가요? 사람들을 구하는 영웅의 사명, 해야만 하는 것, 그 답을."

"—응."

룩스는 자동인형의 질문을 듣고 살짝 슬픈 표정을 지었지만, 이내 조용히 고개를 끄덕였다.

"……믿을 수 없군요. 그 답이 무엇인가요?"

"그건, 그에게…… 형님에게 직접 전할 생각이야. 나 자신의 행동과 말로, 부딪쳐보려고 해. —그게, 그라는 영웅의 인도를 따라 여기까지 온, 내 책무이니까."

"……그렇, 습니까."

살짝 고개를 숙인 자동인형은 천천히 돌아서며 말했다.

"안녕히 계세요, 이렇게까지 진상에 접근한 정예 기룡사들이여. 몇 시간 후에도 여기에 남아 있는다면 여러분의 목숨은 사라지게 될 겁니다."

아샤리아는 연한 빛에 감싸인 후 안개처럼 흩어져 사라졌다.

그 뒤에는 오직 정적만 남았다.

"─후우."

"……룩스!"

눈앞의 위협이 사라지고 긴장이 확 풀리자마자 리샤 일행이 룩스에게 달려왔다.

"우리, 할 수 있는 거지?! 싸워도 괜찮은 거지!"

"네. 후길의 기억을 보고 확신했습니다. 저는─ 형님을 쓰러뜨려야만 해요. 그리고 그러려면 모두의 힘이 필요하고요. 함께 가주시겠어요?"

"아무렴! 우리가 여기에 왜 남았겠느냐!"

리샤가 주먹을 불끈 쥐고 고개를 끄덕이자 조금 떨어져서 서 있던 크루루시퍼가 어이없는 투로 중얼거렸다.

"하아……. 조금 전까지 의기소침했던 주제에, 태도전환이 참 빠르다니까."

"그만큼 룩스의 존재가 크다는 거겠죠. 리샤 공주에게, 아니─ 우리 모두에게."

"응, 맞아."

세리스의 말에 피르히도 살짝 미소 지으며 맞장구 쳤다.

"그럼 연회는 여기까지다. 정찰반을 제외한 주요 멤버는 최대한 푹 쉬어라. 당분간 장갑기룡은 쓰지 말고!"

리샤의 지시를 따라 야영지 멤버들은 산개했다.

　내리는 눈을 피하기 위한 텐트를 몇 개 분배하고, 그 주위에 모닥불을 피운 다음 잠시나마 수면을 취하기로 했다.

　『창궁사단』— 마기알카 휘하의 《드레이크》 사용자 몇 명이 멀리까지 레이더로 감시하고 있으니 후길의 접근을 탐지할 수 있을 터였다.

　룩스는 홀로 좁은 텐트 안에 누워 있으니 정신이 맑아지는 것 같았다.

　후길의 과거.

　룩스가 어렸을 적에 경험한 그 구제국보다도 무시무시한 전란의 시대를 살고, 평화를 꿈꾸며 싸워 온 『시작의 영웅』.

　그는 구제국이 만들어낸 반란분자인 룩스를 찾아내고 이끌어주었다.

　어린 룩스에게 후길의 존재야말로 구원이었다.

　세상 어디에도 자기 편은 없다는.

　어느 누구도 자신을 이해해주지 않는다는.

　정당한 수단으로는 썩어버린 권력을 바꿀 수 없다는.

　그런 현실에 실망한 룩스에게 길을 제시해주었으니까.

　"……"

　『아우야. 너라면 바꿀 수 있다. 나와 함께 이 썩어버린 뿌리를 불태우자. 세계를 바꾸는 거다.』

　"영웅의 사명, 인가……."

　그때 후길은 무슨 생각을 했을까?

강자와 약자의 균형을 맞추는 사람으로서 룩스를 게임의 말로 생각했을까?

　아니면 자신과 같은 뜻을.

　룩스를 새로운 왕의 그릇으로 보았을까?

†

　후길은 《엑스 와이번》으로 새벽하늘을 가로질렀다.

　아침노을로 물든 구름을 뚫고 내리는 눈을 아랑곳하지 않고 『고대의 숲』으로 향했다.

　강자와 약자의 균형. 그것이 한쪽으로 치우쳐서 인간의 힘으로는 바꿀 수 없는 수준에 이르렀다고 판단했을 때, 영웅은 움직인다.

　태어난 순간부터 기득권을 가진 강자에게 빼앗기는 것이 확정된 인생.

　그 불우한 운명에서 구해내기 위해 위정자를 솎아내지만, 단순히 죽이기만 해서는 의미가 없다.

　설령 주모자 중 하나가 사라진다 해도 새로운 권력자로 대체될 뿐, 지배 구조는 바뀌지 않는다.

　때문에 영웅을 육성할 필요가 있었고, 재능이 뛰어난 자를 선별해서 도와주었다.

　쓸만한 자가 있었으면, 수많은 편의를 봐줘도 빛을 보지 못하는 자도 있었다.

그럴 때는 반란 사실만을 이용하고 《영겁회귀》로 정합성을 맞췄다.

그러나 영웅으로서 무사히 왕을 처단한 자도 늦으면 삼대— 빠르면 자신의 대에 변해버리고 말았다.

신성 아카디아 황국에서 본 광경의 반복.

아샤리아의 선의를 저버린 『배신자 일족』처럼 자신들의 욕망에 무릎을 꿇고, 과거에 증오하던 지배자들처럼 타락했다.

그래서 삽시간에 균형이 무너지고 일그러졌다.

『성식』과 직접 융합한 경우에는 그 강대한 힘과 정신에 가해지는 부하 때문에 더욱 타락했지만, 그저 빠르냐 늦느냐의 차이에 불과했다.

타국에서 발굴한 싱글렌 쉘불릿은 사상과 실력 모두 충분한 왕의 자질을 갖추고 있었으나— 룩스는 그것과도 다른 이질적인 면모를 가지고 있었다.

정쟁에 말려들어 권력 밖으로 밀려났고, 백성들의 증오에 어머니를 잃었다.

그럼에도 안일한 복수를 선택하지 않았다.

"—형님은, 이 나라를 바꿀 방법이 있다고 보시나요?"

모든 감정이 배제된 초월자의 목소리.

겨우 열두 살에 불과한 룩스 아카디아의 속마음은 당시의 후길조차 읽을 수 없었다.

자신에게 쏟아지는 증오를 이겨내고 진정한 평화를 이룩하고자 하는 그 모습.

가장 사랑하는 이를 빼앗겼음에도 그렇게 행동하는 사람은 본 적이 없었다.

"할 수 있을 거야. 너라면— 이 나라를 바꿀 수 있어."

영웅.

아샤리아가 원했고, 자신이 되고자 했던 존재.

자신의 동생이라는 입장인『배신자 일족』의 후예, 룩스.

이 소년이라면, 어쩌면— 후길은 그렇게 하나의 기대를 품었다.

천 년 넘게 인간의 역사를 보아 온 자신이 아직 본 적 없는 타입의 위정자가 될지도 모른다는.

그리고 후길은 지금, 7년 전의 답의 확인을 앞두고 있었다.

†

한편, 신전터의 야영지.

텐트 밖으로 나온 룩스는 모닥불 여러 개가 타닥타닥 타는 소리를 들으며 하늘을 올려다보았다.

"—하아."

모닥불 덕분에 그렇게 춥지는 않았지만 입김은 새하얬다.

눈발은 약해졌지만 여전히 조금씩 내리고 있다.

대신에 모닥불에서 불티가 휘날렸다. 혁명의 날 불길에 휩싸인 구제국 왕성처럼.

"……영웅이 완수해야만 하는 사명이라."

룩스의 입에서 혼잣말이 불쑥 튀어나왔다.

『모형 정원』에 숨겨져 있었던 아샤리아의 인공지능을 통해 천 년 넘게 지난 과거에 어떤 일이 있었는지 알게 됐다.

숱한 시련을 이겨내고 사람들이 지닌 업보라는 악과 맞서 싸운 두 사람의 기록.

『시작의 영웅』 후길과 『구세의 여신』 아샤리아의 삶을.

사람들을 구하는 것만으로는 끝나지 않은 슬픈 이야기의 결말을.

그럼에도 후길은 여전히 세계 평화라는 꿈을 좇고 있다.

불완전하게 변해버린 『성식』과 오직 그만 다룰 수 있는 개변기룡 《우로보로스》로 인류를 구제하기 위해 영웅을 선별하고 길을 이끌었다.

하지만 그 과거사에는 아직 숨겨진 진상이 있었다.

후길조차 모르는 또 하나의 현실이─.

그래서 룩스는 후길을 쓰러뜨리겠다는 결의를 다시금 다졌다. 아샤리아의 진정한 소원을 이뤄주기 위해서.

'하지만─ 내가 해낼 수 있을까?'

싸워서 후길을 이길 수 있을지도 미지수였지만, 그 이상으로 왕자로서─ 그렇게 생각하지 않을 수가 없었다.

위정자가 반드시 옳다고 할 수는 없음을─.

아니, 옳지 않은 쪽이 많다는 것을 룩스는 똑똑히 알았다.

권력에 취해서, 자신을 위해서 백성을 희생시키는 자들은 얼마든지 있다.

실제로 라피 여왕도 주위의 압력 탓에 마음이 병들었고, 『성식』에게 좀먹혀서 흉악한 짓을 저질렀다.

만약— 이 싸움이 무사히 끝난다고 해도, 룩스가 과연 라피 같은 이들을 구할 수 있을까?

"—."

모르겠다.

생각한들 무의미한 짓일지도 모른다. 그래도—.

"루우. 그런 곳에 서 있으면, 몸이 차가워져."

"응?"

갑자기 친숙한 목소리가 들리더니 뒤에서 누군가가 끌어안았다.

장의 위에 겉옷을 걸친 피르히가 어느새 룩스 바로 옆에 서 있었다.

"피, 피이?! 여긴 왜—."

"쉿—. 다들 쉬고 있으니까, 조용히 해야지."

변함없는 무표정과 느릿하고 멍한 어조.

그렇게 치열한 전투를 벌였고, 또다른 전투를 앞두고 있음에도 불구하고 그녀는 평소와 다를 바 없어 보였다.

룩스는 피르히가 지적한대로 목소리를 낮추고 속삭이듯이 물어봤다.

"여긴…… 언제 왔어?"

"루우가 오기 전부터 있었어. 왠지, 잠이 안 와서."

"피이가 그런 말을 하다니, 드문 일이네."

그녀는 어느 때건 평정심을 잃지 않는 이미지이다 보니 뜻밖이라면 뜻밖이었지만—.

"루우가 어디론가 가버리는 게 아닐지 걱정, 했으니까."

피르히는 희미하게 미소 지으며 대답했다.

마치 룩스의 속마음을 읽기라도 한 것처럼.

"……."

후길과 싸우겠다고 결정한 사람으로서 모두를 독려해야 한다는 생각을 품고 있다는 것을 소꿉친구인 소녀는 꿰뚫어본 모양이었다.

"혼자서 고민하면 안 돼. 우리는, 그걸 위해 있는 거니까."

"—응. 고마워."

잠시 몸을 맞댄 채 설경을 바라보던 룩스는 속내를 털어놓았다.

만약에 후길을 쓰러뜨린다고 해도 앞으로 신왕국을 옳은 길로 이끌어갈 수 있을 것인지.

어떻게 해야 라피 여왕을 구할 수 있었을지.

딱히 명확한 대답을 기대한 것은 아니었다.

어차피 정답이 없는 문제 같은 거라고 생각했으니까.

하지만— 이 사랑스러운 소꿉친구는 무척 뜻밖의 대답을 해주었다.

"아마도, 루우에겐, 무리라고 생각해."

"뭐……?"

피르히는 진지한 표정으로 고개를 기울이며 그렇게 말했다.

© Yuichi Murakami

솔직히 미묘하게 쇼크였다.

그렇게 딱 잘라 대답할 거라는 생각은 못해서 마음의 준비가 안 되어 있었다.

"그런 뜻이 아니야."

표정을 통해 룩스의 심경을 짐작했는지 피르히는 다시 룩스와 마주 보았다.

"루우가, 모든 사람을 구하는 건 처음부터 무리야. 루우는, 신이 아니니까."

"……."

가슴을 찔린 것 같았다.

"하지만, 루우는 나를 구해줬어. 라피 여왕님은 공주님이 구해줬다고 생각해. 분명, 그거면 되는 걸 거야. 이 세상은—."

"……그렇구나."

룩스 혼자서 모든 사람을 다 구하는 것은 불가능하다.

가능하다고 생각하는 것은 오만이다.

그러나 인간을 아득히 뛰어넘은 초인이 된 후길은— 이 세상 누구보다도 인간의 추함과 아름다움을 직시해 온 후길은 더욱 높은 목표를 세우고 말았다.

"나는 루우를 도와주고 싶어. 도움이 안 된다고 해도, 끝까지 옆에서 힘이 되어주고 싶어. 그게 내 소원이니까."

"—고마워, 피이."

역시 그녀의 존재는 마음이 놓이게 해주었다.

구제국의 황족으로서, 혹은 『검은 영웅』으로서 싸우려고 하는 룩스의 마음을, 아무런 직함도 없는 한 명의 인간으로 되돌려준다.

그거면 충분하다.

룩스는 이제부터 세계를 구하는 영웅 같은 게 아니라, 보잘 것없는 평범한 인간으로서 영웅과 맞서는 거니까.

"응. 다행이야, 루우가 기운을 차려서."

"있잖아, 피이."

부드럽게 미소 짓는 소꿉친구 소녀를 룩스는 똑바로 바라보았다.

이번 싸움에서 살아남는다면.

피르히가 죽지 않고 모든 게 끝난다면, 다른 사람도 포함해서 책임을 져야만 한다.

세계 개변으로 반복되었던 사흘간의 퍼레이드. 그때의 기억.

비록 지금은 리셋되었지만, 분명히 그녀들에게 사랑의 말을 전했으니까.

"끝나면, 확실하게 말할 거야."

"……응."

소녀는 평소처럼 햇살 같은 미소를 돌려주었다.

그리고 룩스가 다시 잠을 청하려고 텐트로 돌아가려는 찰나—.

『—다들 일어나세요! 레이더로 환신수의 접근을 포착했습니다! 곧 이곳에 도착할 거예요!』

주위를 경계하던 마기알카의 부하, 《드레이크》를 장착한 소녀가 확성 기능으로 경고했다.

드디어 진정한 최후의 결전.

천 년 이상 역사를 관장해온 인연의 상대가 이곳으로 돌아왔다.

†

"환신수 무리라고? 뭐냐?! 대체 어디서 온 거지, 에이릴?!"

자고 있던 『기사단』, 『칠용기성』, 『창궁사단』 멤버들이 텐트에서 나와 야영지에 집합해서 대열을 짰다.

우선 경계하던 《드레이크》 사용자에게서 상세한 정보를 전달받고 이 거점에 요격 포진을 편성했다.

아샤리아의 인공지능을 통해 얻은 정보를 토대로 룩스는 개변기룡 《우로보로스》의 공략 방법을 지시했다.

중추는 《우로보로스》의 반신이기 때문에 그 기능과 권한을 되찾으려고 할 터였다.

그리고 후길이 한 발 먼저 단독으로 향했을 경우에 대한 대책도 생각해뒀으나—.

그게 아닌 환신수가 습격하자 리샤는 당황하며 언성을 높였다.

『고대의 숲』—『대성역』에 있는 환신수 플랜트는 중추와 접속한 에이릴이 관리하고 있다.

그리고 환신수는 현재— 생성되지 않는 상황이다.

설령 제어 권한을 빼앗겼다 해도 당장 만들어 낼 수는 없다.

"정확한 내막은 알 수 없지만 후길은 『모형 정원』에 들렀다 온 거잖아? 어쩌면 거기서 데려온 게 아닐까? 뿔피리로 조종해서."

티르파가 곤혹스러운 투로 중얼거리자 옆에서 샤리스가 수긍했다.

"그럴지도 모르겠군. 하지만 아무리 그래도 이렇게 많은 수를 조종할 수는 없을 텐데……."

"Yes. 하지만 성가신 반응이 감지되는군요. 『디아볼로스』가 스무 마리. 자폭 능력을 갖춘 중형 개체로 환신수 중에서는 강력한 부류입니다."

디아볼로스는 송곳니와 손톱으로 공격하는 칠흑빛 환신수.

예전에 룩스 일행도 몇 번 상대해본 경험이 있다.

"오랜만에 듣는 이름이네. 『모형 정원』에서 싸운 이후로 처음이려나? 그때와는 다르게 우리도 꽤 강해졌을 테지만—."

녹트의 해설에 크루루시퍼가 그렇게 대꾸했다.

확실히 현재 룩스 일행의 전력이라면 썩 어려운 상대는 아닐 것이다.

하지만 후길이 이렇게 어설픈 공격을 시도할 리가 없었다.

애초에 그 디아볼로스보다 후길이 먼저 이쪽에 도착했을 게 분명하므로 무언가 노리는 바가 있다고 봐야 마땅했다.

"내 뜻대로 하게 두지는 않겠다는 건가."

이제 와서 환신수를 전개하는 것의 의미.

그것은 후길에게 공격을 집중하지 못하게 하는 양동작전을 의미한다.

다시 말해— 룩스를 숙적으로 판단하고 책략을 짰다는 뜻이다.

"룩스, 어떻게 할 거죠? 이대로 두면 이 야영지가 포위당하게 될 겁니다. 예정과 다르지만 요격하는 방법밖에 없지 않나요?"

"네, 그러네요."

세리스의 진언에 룩스는 고개를 끄덕였다.

『시작의 영웅』— 룩스를 영웅으로 키워 낸 사내와의 접전이 시작을 앞두고 있었다.

†

한편—.

자동인형 아샤리아와 합류한 후길 또한 룩스를 의식하고 있었다.

지하에 중추가 잠들어 있는『고대의 숲』중심지.

룩스 일행이 진을 친 지점에서 서쪽으로 크게 떨어진 위치에《우로보로스》를 대기시켜두었다.

《우로보로스》본체를 굳이 움직이지 않아도 이 거리라면 기공각검으로 전송 소환이 가능하다.

그래서 후길은《우로보로스》의 특수 무장—《윤회전생》으

로 만든 신장기룡을 두르고 민첩하게 움직여서 룩스 일행의 진형을 무너뜨리는 전략을 세웠다.

그 옆에서 자동인형 아샤리아가 후길에게 의문을 제기했다.

"굳이 환신수를 끌고 오실 줄은 몰랐습니다. 룩스 아카디아와 그 일행이 그렇게 대단한 상대라고는 생각하지 않습니다만."

언뜻 보기에는 파괴된 자동인형의 빈자리를 채우기 위해 『모형 정원』에서 환신수를 생산해서 데려온 것 같았지만, 아샤리아가 한 질문의 의도는 다른 것이었다.

원래 디아볼로스는 강력한 환신수이기는 해도 룩스 일행이 전력을 다하면 그렇게 벅찬 상대는 아니다.

즉, 처음부터 양동을 목적으로 선택한 카드인 셈이다.

그리고 그런 잔재주를 부릴 필요가 있는 거냐고— 물어본 것이었다.

하지만 후길은 어떤 신장기룡을 두르면서 그 질문을 듣고 당당하게 웃었다.

"—결국, 녀석은 『대성역』의 중추를 파괴하지 않았지. 그것만으로도 진심으로 날 쓰러뜨리려 한다는 걸 알 수 있어."

"……? 후길, 그게 무슨 뜻인가요?"

확신을 담은 미소를 짓는 주인을 보고 자동인형은 의문을 품었다.

정교한 프로그램으로 짜인 사고회로로도 그 의미를 파악할 수 없었다.

"녀석이 단순히 내 행동을 방해할 생각이었다면 중추를 완전히 파괴하면 될 뿐이지만, 반대로 그렇게 하면 동료들의 전멸은 피할 수 없다고 생각한 거겠지."

룩스 일행이 총력을 결집해서 중추를 파괴하면 후길이 『모형 정원』이나 『달』에서 물자를 가져와서 중추를 수복하는데 년 단위의 시간이 걸린다.

《우로보로스》의 세계 개변도 봉쇄할 수 있지만— 그 경우에는 후길과 싸우기 위한 힘을 거의 다 쓰게 된다.

후길의 성격상 사명을 완수하는 데 방해되는 대상에게만 직접 손을 쓴다는 점을 생각하면, 중추를 파괴한 룩스와 동료들은 한 명도 빠짐없이 몰살당할 거라고 판단한 것이다.

반대로 말하자면 중추가 멀쩡히 남아 있는 이상 후길은 《우로보로스》를 동원해서 직접적인 대규모 공격을 하기 힘들다.

"파손되지 않은 장치를 탈취할 수 있고, 굳이 여러 명을 죽일 필요도 없다. 죽일 대상도 룩스 하나로 압축할 수 있다— 그렇게 이쪽의 행동을 제한했다는 건가요?"

아샤리아의 질문에 후길은 살짝 끄덕였다.

"하나 틀린 게 있군. 그 철부지를 반드시 죽여야 할 정도의 위협을 나는 아직 느끼지 못했다."

전력을 발휘한 싱글렌은 한순간이나마 후길의 목숨을 위협하는 저력을 보여주었다.

따라서 죽일 수밖에 없었지만, 룩스에게서는 아직 그만한 위기감이 느껴지지 않았다.

완전체가 된 『성식』을 쓰러뜨리기는 했어도 아직 그렇게까지

평가가 올라가지는 않았다.

그럼에도 불구하고 왜 구태여 책략으로 응수하고 전략적인 대결을 바라는 것인가.

그것은 후길 자신도 알 수 없었다.

그저 지금까지 싸워 본 그 누구보다도 룩스를 강적이라고 의식하고 있는 거다.

자동인형 아샤리아는 그렇게 느꼈다.

†

"룩스 군, 어떻게 할 거야? 이제 몇 분 안에 디아볼로스 스무 마리가 여기에 도착할 거야. 요격할 거라면 우리가 먼저 치고 나가야—"

연합군이 집결한 야영지에서 에이릴이 목소리를 높였다.

후길은 아직 레이더가 탐지할 수 있는 범위 내에 접근하지 않았다.

반면에 디아볼로스는 산개해서 이 신전터를 원형으로 천천히 포위하고 있었다.

신장기룡 사용자들을 보내서 요격한다 치더라도 전원을 분산시키지 않으면 디아볼로스가 야영지 지척까지 접근하게 된다.

"알았어. 크루루시퍼 씨, 우선 맨 처음으로 적이 나타난 서쪽 방면을 맡아줘."

에이릴의 요청을 따라 룩스는 크루루시퍼에게 출격을 지시했다.

"알았어. 이쪽 진지와 너무 멀어지지 않는 거리를 유지하면서 싸우면 되는 거지?"

병력을 너무 자잘하게 나누면 《우로보로스》 요격 진형을 유지할 수 없기 때문에 미래 예지 저격이 가능한 《파프니르》가 빠르게 해결해주기를 기대했다.

"요격하는 건 좋은데 수가 부족하지 않냐? 적은 주위에서 포위하는 형태로 다가오고 있잖아. 혼자서 여러 마리를 막을 수 있겠어?"

"그렇지. 그러니 그라이퍼, 넌 일단 동쪽을 수비해줘."

머리카락 일부가 위로 솟은 금발 소년이 지적하자 룩스는 즉각 대답했다.

"……난 저격은 고사하고 사격 무장조차 없는데?"

"그래도 만약 적이 자폭하면 네 《쿠엘레브레》의 무적화가 도움이 되잖아."

"……."

하지만 접근전으로 디아볼로스 여러 마리를 동시에 상대하는 건 역시 힘들 것 같았다.

"투덜대지 말고 얼른 가라구. 무서우면 내가 대신 가 줄까?"

"쯧, 하여간 사람을 막 부려먹는 왕자님이라니까."

최연소 『칠용기성』메르 기잘트에게 도발을 받고 자존심 강한 그라이퍼가 움직이지 않을 수는 없었다.

룩스는 자신의 지시에 적절하게 힘을 실어준 메르에게 속으로 감사인사를 보냈다.

그러나 룩스의 예상이 맞는다면, 어차피 디아볼로스는 접근하지 않을 터였다.

'—후길. 네 목적은 중추를 탈환하는 거지? 그러려면 거기에서 우리를 끌어낼 필요가 있고.'

디아볼로스에게 포위당하는 것을 우려해서 요격하러 나가면 전장이 바뀌게 된다.

동시에 룩스 측 연합군 진형이 붕괴된다.

덧붙여서 현재 레이더로 주위를 탐지하고 있는 것은 요루카의 《야토노카미》다.

후길은 아직 레이더 탐지 범위 밖에 있지만, 만약 《바하무트》의 압축 강화를 응용해서 가속한다면 몇 키르 밖에서도 고작 몇 초 만에 이곳에 도착할 수 있을 터다.

뿔뿔이 흩어진 상황에서 각개격파 당하면 후길이 《우로보로스》를 쓰기도 전에 전멸할 것이다.

따라서 이 긴장 상태를 쉽게 풀어서는 안 된다.

연합군 모두가 총공격하지 않는다면 후길을 막는 건 도저히 불가능하다.

"—주인님, 기룡 반응을 탐지했사옵니다."

"……뭐?! 후길인가?"

"모르겠사와요. 서쪽 방면의 레이더 탐지 범위 끝자락에 기룡 한 기의 반응이 잡혔습니다만— 이미 범위 밖으로 나갔사옵니다."

순간적으로 레이더에 걸려서 일부러 자신의 존재를 의식하게 한 것일까?

그렇다면 서쪽을 주목하게 한 다음 다른 방향에서 공격할 가능성도 충분히 있다.

어찌 됐건 정보라는 어드밴티지는 중요하다.

후길의 현재 위치와 전략을 파악하지 못하고 한 박자 늦게 대응하면 실력이 크게 뒤떨어지는 룩스 일행이 이길 가능성은 한없이 제로에 가까워진다.

"요루카, 서쪽으로 가줄래? 디아볼로스를 전부 해치울 때까지 후길의 움직임을 추적해줘."

"알겠사옵니다."

특장형 신장기룡 《야토노카미》는 레이더 탐지 범위가 대단히 넓다.

그리고 요루카는 전황의 변화에 따라서 임기응변으로 대처할 수 있는 능력을 지녔다.

후길을 포착하는 임무를 맡길 사람은 오직 그녀밖에 없었다.

요루카는 《야토노카미》의 네 다리로 도약해서 서쪽으로 발진했다.

머리 위에 디아볼로스가 진을 치고 있었지만 크루루시퍼가 저격으로 견제하는 사이에 포위망을 빠져나갔다.

†

"걸려든 것 같네요, 후길. 당신 계획대로예요. 키리히메 요루카가 움직였습니다."

자동인형 아샤리아가 후길에게 용성으로 말을 보냈다.

"그럼 예정대로 우회해서 침투해야겠군. 너도 작전대로 이동해라."

최대의 레이더 탐지 범위를 자랑하는 《야토노카미》.

당연한 얘기지만 후길과 아샤리아는 그 성능을 정확히 파악하고 있다.

모든 기룡의 설계도— 상세한 스펙이 머릿속에 들어있기 때문이다.

전신에 『세례』를 받은 덕에 두뇌조차 초인이나 다름없는 후길은 순식간에 움직인 것이 《야토노카미》임을 자신이 두른 신장기룡의 레이더에 걸린 반응을 통해 알아냈다.

애초에 현재 룩스 진영에서 특장형 신장기룡 사용자는 요루카밖에 없다.

그녀가 후길의 위치를 파악하기 위해 쫓아온다는 것을 알면 룩스의 계획을 간파할 수 있다.

후길의 동향을 우선적으로 경계하면서 디아볼로스 스무 마리라는 위협을 제거하겠다는 판단이다.

"그럼— 해제해야겠군. 이 신장기룡 《애스프》를. 아샤리아, 《바하무트》를 꺼내라."

"알겠습니다. 특수 무장 《인피니티》를 기동합니다."

후길이 두르고 있던 특장형 신장기룡 《애스프》와의 접속을 해제하고 이번에는 《바하무트》를 소환했다.

그리고 오직 룩스 하나만을 표적으로 두고 행동에 나섰다.

지금까지 후길이 두르고 있던 《인피니티》로 만들어낸 《애스프》도 《야토노카미》처럼 광범위 레이더를 가지고 있다. 따라서 이쪽의 현재 위치를 파악했을 요루카의 움직임을 읽고 서쪽으로 후퇴했다.

후길은 《바하무트》를 두르고 한 번 서쪽으로 크게 전진한 다음 남쪽으로 우회, 개변기룡 《우로보로스》를 제어하는 아샤리아는 북쪽으로 천천히 움직였다.

즉, 아샤리아의 《우로보로스》가 조금 전 룩스 진영이 발견한 기룡으로 보이게끔 후길의 위치를 이어받아 양동 작전을 펼친 것이다.

이는 요루카를 유인하려는 게 아니라 룩스 일행의 주의를 돌리기 위해서다.

북쪽에서 서쪽으로 우회해서 남쪽으로. 룩스 일행의 거점 북쪽에서 후길이 공격할 거라고 생각하게 하고, 실제로는 남쪽으로 우회한 후길이 반대 방향에서 돌진한다.

그 목적은 룩스를 일격으로 끝장내는 것.

후길은 사상도 입장도 다른 진영을 하나로 아우르고 있는 중핵을 부숴서 결속을 끊기 위한 최선의 행동을 취했다.

룩스는 후길이 북쪽으로 우회했다고 예측했을 터다.

그렇다면— 요루카의 주의도 북쪽으로 향하게 된다.

아샤리아가 조종하는 《우로보로스》는 육전형, 비상형, 특장형의 모든 기능을 갖추었기 때문에 다시 레이더 영역에 들어온 요루카의 움직임도 파악하면서 후길에게 위치정보를 보낼 수 있다.

그리고 요루카를 척후로 내보낸 지금, 룩스 측에서는 후길의 진짜 동향을 포착할 방법이 없다.

룩스 일행이 진을 친 신전터에서 멀리 떨어진 남쪽—. 녹트의 《엑스 드레이크》의 레이더에 걸리지 않는 원거리에서 후길은 《바하무트》의 신장을 기동했다.

리로드 온 파이어
"—《폭식》."

칠흑의 장갑에서 진홍색 빛이 뿜어 나오며 자신의 시간을 초압축한다.

전반 5초간 시간의 흐름을 몇 분의 1까지 감속하고, 후반 5초를 몇 배로 가속한다. 여기서 북쪽으로 전속력으로 곧장 날아가 무방비한 룩스의 숨통을 끊으러 간다.

말 그대로 눈 깜빡할 사이에 결판이 날 것이다.

"내가 너무 과대평가한 건가? 실망스럽구나, 아우야."

그래도 다름아닌 룩스이니까 어떤 대책이나 함정을 준비해 뒀을지도 모른다.

그 정도도 해주지 않는다면 허탈할 것이다.

후길이 오만하게 웃은 1초 후, 《바하무트》가 전속력으로 날아올랐다.

─콰아앙!

대기를 찢으며 한 줄기 검은 그림자가 잿빛 하늘을 관통한다.

총구를 빠져나온 탄환 같은 속도로 비행하는 와중에도 후길의 초인적인 눈은 맹금류처럼 저 멀리 있는 야영지를 응시하고, 정확히 조준하고 있었다. 그러나─.

'응─?!'

그 직후, 위화감이 후길의 전신을 뒤덮었다.

말로 표현할 수 없는 그 의문에 대한 답은, 거울상 같은 환영과 함께 시야에 들어왔다.

은발과 잿빛 눈동자를 가진 아카디아 황족의 기룡사.

룩스 아카디아가 후길을 향해 날아오고 있었다.

"─어떻게, 된 거지?"

미미하게 눈살을 찌푸린 찰나에 후길도 《낙인검》을 한껏

카오스 브랜드

들어 올렸다.

《폭식》에 의한 초가속으로 돌격한 두 그림자와 각자의 검이 교차한다.

─쩌어어어어어엉!

고막이 터질 듯한 파괴음이 하늘에서 폭발하고, 후길은 격추당해서 바로 아래에 있는 숲에 처박혔다.

찰나의 순간, 허를 찔려 대응한 거동에서 비롯된 틈이 승패

를 갈랐다.

룩스가 휘두른 《카오스 브랜드》가 후길의 대검보다 먼저 어깨 장갑에 꽂혔다.

'—아하, 그런 거였나.'

후길은 추락하면서 사실을 이해했다.

룩스가 후길의 책략을 꿰뚫어보고 받아칠 수 있었던 이유는 단 하나. 그가 숨기고 있던 비장의 카드를 꺼냈기 때문이라는 것을.

†

"하아, 하아……!"

《폭식》에 의해 초가속한 5초가 끝나고 극도의 긴장에서 풀려난 룩스는 온몸에서 땀을 흘렸다.

가히 종이 한 장 차이의 승리였다.

당장이라도 추락한 후길을 추격하고 싶었지만 집중력을 엄청나게 소모한 데다 전력을 쥐어짠 반동 때문에 몸이 아직 마음을 따라가지 못했다.

단 몇 초만이라도 한숨 돌리고 호흡을 가다듬을 필요가 있었다.

카운터 일섬에 당한 후길의 《바하무트》가 부서진 장갑을 흩뿌리며 추락하는 와중에 룩스는 동생의 목소리를 들었다.

『—오빠, 무사하세요?! 방금 그 일격은, 역시—.』

『응……. 내, 예상대로…… 였어. 아이리 덕분이야. 이제 후길을 끝장내러 가겠어. 다들 작전대로, 움직여줘…….』

『조심하셔야 해요, 오빠……!』

숨을 거칠게 헐떡이며 아이리와 통신을 했다.

이 한 번의 공방으로 후길도 알아차렸을 것이다.

룩스가 우연히 손에 넣고, 숨기고 있던 카드를— 아이리가 사용하고 있다는 걸.

여기서 북쪽으로 고작 2키르 떨어진 야영지에 신장기룡《요르문간드》를 두르고 전개한 아이리가 있었다.

†

"어째 마음이 복잡하네—. 아이리는 장갑기룡 사용법을 이제 막 배우기 시작했는데 벌써 신장기룡을 두를 수 있다니. 우리 입장이 대체 뭐가 되냐구."

소형 요새처럼 거대한 기룡《요르문간드》를 전개한 아이리의 주위를 경계하면서 티르파가 탄식했다.

그 옆에서 녹트가 도끼눈으로 티르파를 째려보았다.

"No. 쓸데없는 소리 하지 말고 집중하세요. 언제 공격이 올지 모릅니다."

"그래—. 하지만 우선 이 말은 해야겠군. 아이리, 잘했어."

샤리스가 그렇게 칭찬하자 아이리는 긴장이 역력한 표정을 유지한 채 미소 지었다.

"─고맙습니다. 다 여러분 덕분이에요."

"특히 내 덕분이지. 하지만 방심하지 말게나. 그대는 아직 신장기룡을 다루는 게 익숙하지 않으니까 아무리 적성치가 룩스에 버금간다 해도 체력을 모조리 빼앗기게 될 거라네."

원래는 알아낼 길이 없는 후길의 동향을 룩스는 무슨 수로 파악하고, 카운터로 기습을 막아낸 것인가─.

그것은 아이리가 두른 《요르문간드》가 답이었다.

자동인형 아샤리아는 나노 머신으로 만든 분신을 룩스 쪽으로 보냈을 때 남은 인원을 확인했다.

그중에서 광범위 레이더를 보유한 것은 요루카의 《야토노카미》 단 한 기였다.

그래서 그 탐지 범위 끝자락에 일부러 들어가서 요루카의 이목을 끌고 밖으로 빼내는데 성공했다. 그 시점에서 룩스 일행이 진을 친 신전터에서는 크게 우회해서 남쪽으로 이동한 후길의 위치는 파악할 수 없었을 터였다.

그러나 이미 신장기룡과 계약하고 조율을 마친 아이리는 설치형 《요르문간드》를 두르는데 성공했다.

물론 아이리의 조종 기술로 《요르문간드》의 독특한 일곱 개의 장갑 팔을 다루는 것은 무리였다.

그래도 장벽과 레이더 정도는 간신히 쓸 수 있었다.

그리고 특장형 신장기룡의 광범위 레이더로 후길이 서쪽에서 남쪽으로 호를 그리며 이동하는 궤적을 감지했다.

그 뒤로는 룩스의 예측이다.

『후길의 표적은 십중팔구 나야. 나 하나를 공격할 수 있는 상황이라면 망설이지 않고 처리하러 올 거야.』

《우로보로스》의 루프를 알아차리고 모두를 설득해서 여기까지 이끌어 온 연합군의 중심인물.

그런 룩스를 처리하면 연합군의 조직력은 대폭 약해진다.

세계의 균형을 유지하기 위해서 몇 번이나 역사를 개변한 후길이 룩스를 우선적으로 노리지 않을 리가 없다고.

그리고 레이더 밖으로 나갔다고 생각한다면 《바하무트》의 압축 강화를 활용한 초가속으로 단숨에 본진에 접근하리라고 예상했고, 그 예상은 멋지게 들어맞았다.

아무도 탐지할 수 없는 습격.

그것을 성공한 건 후길이 아니라 룩스 쪽이었다.

'하지만 아직 끝나지 않았어……!'

아이리와 마기알카 덕분에— 후길도 모르는 수를 활용한 작전으로 유리함을 가져왔지만, 반대로 말하자면 최대 최강의 조커를 갑자기 소비했다고 할 수도 있다.

이제부터는 후길이 속속들이 파악하고 있는 전력으로 상대해야만 한다.

이 천재일우의 기회를 놓치면 후길을 쓰러뜨리는 건 불가능한 일일 터다.

"지금밖에, 없어……!"

호흡을 가다듬은 룩스는 후길의 《바하무트》가 추락한 숲으로 내려갔다.

장갑이 중파될 정도였으니 보통은 그 충격으로 육체도 큰 타격을 받겠지만, 후길은 전신에 『세례』를 받은, 본디 존재할 리가 없는 초인이다.

신체 내구력과 운동능력, 사고력도 환신수의 평균을 가볍게 뛰어넘을 터다.

"—《폭식》."

리로드 온 파이어

룩스는 세심한 주의를 기울이며 압축 강화의 신장을 발동했다.

대상은 룩스 자신의 시간.

숲 쪽에서도 붉은 빛이 방출되는 것을 보아하니 후길도 룩스의 움직임에 대응해서 《폭식》을 발동한 듯했다.

하지만 또다시 서로 초가속한 상태에서 정면으로 부딪친다면 기룡의 상태가 온전한 만큼 룩스가 유리하다.

만에 하나 《우로보로스》 본체를 소환한다고 해도 너무나도 거대한 기룡이기 때문에 전송, 전개— 결합 완료까지 시간이 걸린다.

기룡의 리미터를 해제하는 『한계돌파』도 마찬가지다.

오버 리미트

얼마 전 폐도 게르니카에서 치른 전투로 《우로보로스》의 전개 시간을 파악한 룩스는 이번에도 시간이 걸릴 거라고 예측했다.

따라서 그 선택지를 차단하는 최선의 방법을 골랐다.

《우로보로스》 본체를 조종하는 아샤리아는 북쪽으로 향하고 있으니 이쪽이 직접 공격받을 일은 없다.

즉 완벽한 일대일 상황이었다.

"하나, 둘, 셋……!"

룩스는 몇 배의 가속을 앞두고 초읽기를 하며 모든 반격 가능성을 상정했다.

후길이 전력을 끌어내기 전에 승패를 결정한다.

그것이 최선의 방법일 터였다.

"넷……!"

룩스는 시간의 초가속을 구사하며 움직였다.

울창한 나무와 눈발 때문에 시야가 좋지 않았지만, 그건 후길도 마찬가지일 것이다.

조건은 동등. 그렇다면 기체 손상의 차이로 룩스가 유리하다.

룩스는 자신의 우위를 확신하고 대검을 든 채 급강하했다.

나무가 진로를 방해했지만 칼날에 에너지를 보내서 가로막는 나무를 모조리 베며 내려갔다.

그러나 다음 순간.

눈부신 섬광과 함께 무수한 기계 파편이 룩스에게 쏟아졌다.

'—기룡포효(하울링 로어)? 아니, 기룡해방(브레이크 퍼지)인가!'

후길이 전혀 예상치 못한 방법으로 반격하자 룩스는 가속된 시간 속에서 당황했다.

대검을 세로로 들고 있는 데다 자신도 전속력으로 하강하는 중이었기 때문에 산탄을 제대로 피하지 못했다.

"크, 윽!"

대부분은 장벽에 튕겨 나갔지만 대형 파편이 장갑을 강타해서 균형이 무너졌다.

'대체 무슨 꿍꿍이지? 확실히 내 공격을 피할 수는 있을지도 모르지만, 《바하무트》를 해제하면—.'

후길이 맨몸이라면 기룡을 두른 룩스를 이길 수 없다.

대체 뭘 노리는 걸까?

그렇게 생각한 찰나, 기공각검을 들고 휘두를 자세를 잡은 후길의 모습이 눈보라 사이로 어렴풋이 보였다.

"—!"

'설마, 기공각검으로 직접 요격하려고?!'

반파된 《바하무트》로 맞서는 것보다는 어쩌면 나은 방법일지도 모른다.

'하지만…… 아니, 망설임은 금물이야! 머뭇거리면 목숨을 잃게 될 거야!'

순식간에 각오를 다진 룩스는 후길의 오른쪽 다리를 노리고 《카오스 브랜드》를 내찔렀다.

—그러나.

"마무리가 어설프구나, 아우야. —승리를 서두른 탓인가."

"헉……?!"

후길은 여전히 장갑기룡을 두르고 있었다.

다만 동력원 환창기핵(포스 코어)을 포함한 절반만 남아 있었고, 심지어 장벽 발생 장치조차 존재하지 않았다. 그야말로 장갑기룡을 움직일 수 있는 최소한의 요소만 남은 상태였다.

후길은 수직으로 내리 꽂히는 룩스의 《카오스 브랜드》를 몸을 반회전해서 피하고, 그 기세를 이용해서 기공각검을 가로로 휘둘러 룩스의 배면 날개를 강타했다.

"크학……!"

그 정교하고 치밀한 일격에 이번에는 룩스의 《바하무트》가 부서졌다.

주위의 나무들을 부러뜨리며 나가떨어져서 눈 속에 파묻혔다.

서둘러서 자세를 바로잡기 전에 후길이 날아서 쫓아왔다.

"브레이크 퍼지…… 고장 나서 쓸 수 없는 부분과 장벽 발생 장치만 해제하다니……."

후길은 어떻게 중파된 《바하무트》를 멀쩡히 움직일 수 있었는가.

그 답은 앞서 사용한 브레이크 퍼지에 있었다.

룩스는 다른 장갑기룡으로 교체하기 위한 시간벌이라고 판단했다. 혹은— 맨몸으로 맞설지도 모른다고 생각해서 그를 죽일 각오로 공격에 나섰다.

그러나 현실은 달랐다.

'이런, 실수를……! 완전히 잘못 판단했어!'

등에 꽂힌 충격 때문에 호흡이 흐트러진 룩스는 입술을 질끈 깨물었다.

예기치 못한 카운터 공격에 큰 타격을 입고 장갑까지 파손된 후길이 선택한 것은 쓸 수 있는 장갑만을 남기는 브레이크 퍼지.

장벽 발생 장치와 방어 장갑 대부분을 분리해서 경량화하고, 그만큼 여유가 생긴 에너지를 집중하는 모드.

요컨대 세리스가 선보였던 특공 형태와 동일하다.

물론 평범하게 장갑기룡을 두르고 싸우는 것보다 반동 대미지나 위험도가 현격히 증가하지만, 세리스가 독자적으로 개발한 기술을 후길이 체득했을 거라고는 생각하지 못했다.

단순한 임기응변으로는 브레이크 퍼지에서 파생된 특공 형태를 구사할 수 없다. 자신이 과연 그 상태로 싸울 수 있을지 확인하기 위해 무수한 테스트를 거쳐야 한다.

하지만 거침없이 그 행동을 선택한 후길은— 명백히 숙달된 것 같았다.

"조금 전의 기습은 훌륭했다, 아우야."

담담한 목소리가 룩스의 귀에 닿았다.

아직 시야가 나빠서 후길의 위치를 파악할 수 없었다.

하지만 적이 있던 방향은 알고 있었기에 감에 의지해 방어 자세를 취했다.

《폭식》의 후반 5초가 지나고 가속된 시간의 효과가 끝난 찰나, 후길의 일섬이 룩스의 대검을 강타했다.

"큭……?"

"광범위 레이더가 탑재된 《요르문간드》를— 누군가가 다루게 됐나 보구나. 아르마 아티스마타는 아직 무리겠지. 그럼 아이리인가? 지금까지 숨겨둔 건 좋은 판단이다. 그 비장의 카드를 불시에 꺼내든 것도 훌륭해. 투쟁에서 기선을 제압하는 건 그 무엇보다도 중요한 법이지."

"으으……!"

후길의 《바하무트》는 대검으로 방어하는 룩스를 밀어붙이고 있었다.

브레이크 퍼지에서 파생된 특공 형태는 무장이 거의 없기 때문에 남은 구동부에 전달되는 에너지가 증가한 덕이었다.

그리고— 룩스는 장갑이 건재한 만큼 나무가 밀집된 숲 속에서는 움직임에 제약이 따랐기 때문에 경량화된 후길의 《바하무트》가 유리했다.

후길의 초인적인 능력은 둘째 치고 상황이 어느새 자신에게 불리하게 흘러간다는 걸 알아차린 룩스는 전율했다.

'말도, 안 돼……'

후길은 기습을 기습으로 돌려받고 큰 피해를 입었지만, 몇 초 만에 상황을 파악하고 룩스의 다음 수를 간파해서 반격을 준비했다.

뿐만 아니라 브레이크 퍼지로 견제하는 동시에 특공 형태로 변하면서 장갑의 면적이 줄어든 《바하무트》로 나무들이 밀집된 비좁은 장소에서 우위를 점했다.

'만약 내가 그런 기습을 당했다면, 과연 이렇게 대처할 수 있었을까?'

그런 생각이 무의미하다는 사실은 알고 있다.

그러나 룩스는 처음으로 자신의 수읽기가 크게 잘못됐을지도 모른다는 불안에 사로잡혔다.

종합적으로는 후길이 우세하다 해도, 자신이 어떻게 하느냐에 따라 후길을 근접한 수준까지는 따라잡을 수 있을 거라는 생각 자체가 완전히 잘못된 게 아니었을까.

"너는 실수를 했다. 그렇다면 무엇이 최선이었을까? 빨리 추격하지 않으면 날 놓치게 된다. 『한계돌파』를 쓸 여유도 없다. 자신의 행동은 옳았을 터다. 그렇게 생각하는 거냐?"

"윽……?!"

룩스의 의중을 꿰뚫어본 것처럼 눈앞에 있는 후길이 속삭였다.

그 말에 현혹되어서는 안 된다.

집중력을 잃으면 기룡 조작이 흐트러지고 치명적인 틈이 생기게 된다.

그럼에도 불구하고 후길의 지적은 비수로 변해서 허를 찔린 룩스의 의식에 깊이 박혔다.

"결론부터 말하마. 나와 싸우려고 한 것 자체가 잘못이다. 지금이라도 검을 거두고 물러가거라. 네 동료들도 무사히 돌려 보내주마. 이게 마지막 권고다."

"─얕보지 마!"

칼날을 맞댄 힘겨루기에서 후길에게 다소 밀린 룩스는 반격을 시도했다.

머리 장갑에 에너지를 일부 모아서 그 에너지를 소용돌이 형태로 전환한다.

하울링 로어
기룡포효.

다른 행동 중에 하울링 로어를 방출하면 위력이 내려가서 제대로 된 대미지를 줄 수 없지만 이런 상황이라면 다르다.

현재 후길은 브레이크 퍼지로 장갑을 대부분 해제했기 때문에 장벽 발생 장치가 없다.

따라서 지금 룩스가 방출한 불충분한 위력의 하울링 로어로도 충분한 피해를 기대할 수 있었다.

그야말로 초인적인 육체를 가진 후길은 물론이고 반파된 기룡을 부수는 것도 가능하다.

상대의 약점을 꿰뚫어 보는 룩스의 눈썰미는 정확했다.

그러나 후길은 그 노림수에도 순식간에 반응했다.

—쩌어엉!

"컥……!"

장갑 팔의 손목을 위로 꺾으며 밀어내는 듯한 일섬이 룩스의 머리 장갑을 튕겼다.

신속제어를 활용한 일격으로 날카롭게 선수를 쳐서 룩스가 기룡포효를 발동하기 전에 차단했다.

"—기룡포효."

후길이 경직에 빠진 룩스에게 하울링 로어를 방출했다.

장갑을 두른 채 나가떨어진 룩스는 배면 날개가 손상된 탓에 자세를 바로잡는 게 느렸다.

그 상황에서 후길이 매섭게 날아들었고—.

'위험해…… 저 자세는……!'

룩스는 밀려나는 와중에 후길이 노리는 바를 읽어냈다.

룩스의 자세를 무너뜨린 상태에서 그가 노리는 것은— 기룡조작 오의, 영구연환.

그 이름처럼 무한히 이어지는 연격을 허용하면 패배가 확정된다. 그리고 이제 룩스의 힘으로는 그 운명에서 벗어날 방법이 없었다.

"단순하고도 명쾌한 선택을 그르치는 건 위정자로서 무능하다는 증거란다, 아우야."

후길의 온정을 거부한 룩스의 선택을, 『시작의 영웅』은 비웃었다.

그리고 1초 후. 바야흐로 룩스의 패배라는 미래가 실현되려는 순간, 후길의 손을 무수한 말뚝과 사슬이 가로막았다.

터터터텅!

땅에 박힌 보라색 사슬은 특수 무장 《용교박쇄》.

피르히가 조종하는 《티폰》이 룩스를 지원하기 위해 달려왔다.

"그렇게는, 안 돼."

피르히의 목소리가 들리더니 《티폰》이 땅에 박힌 앵커를 되감는 것처럼 이동했다.

룩스의 숨통을 끊으려던 일격을 방해하면서 후길 앞을 가로막았다.

"기껏 구원받은 목숨을 버리러 왔나."

후길은 동요하는 기색도 없이 블레이드를 크게 휘둘러 올리더니 그대로 몸을 반전하며 자신의 배후를 노리고 찌른 창을 쳐냈다.

"단 한 명도 버릴 생각은 없습니다. 앞으로 나아가기 위해서 이 목숨을 걸 뿐이에요."

그 창은 순간이동 신장 《지배자의 신역》으로 후길의 뒤쪽으로 돌아간 세리스의 랜스였다. 절체절명의 궁지에 몰린 상황에서 두 명의 증원이 제때 도착했다.

—아니, 그렇다기보다는 룩스가 후길을 요격하러 가겠다고 결정한 직후, 피르히와 세리스가 지원하러 움직인 것이었다.

크루루시퍼와 요루카는 이미 거점을 벗어났기 때문에 남은 두 사람은 룩스를 보좌하러 왔다.

말하자면 이것도 룩스의 계산이라고 할 수 있을지도 모른다.

후길의 기습을 막아내고 발을 묶는 데 성공하면 시간차로 강력한 동료들과 함께 싸울 수 있으니까.

후길에게는 《우로보로스》를 소환할 만한 여유도 아직 없었다.

룩스는 압도적인 궁지에서 압도적으로 유리한 상황으로 전황을 뒤집는데 성공했다.

그럼에도 불구하고 후길의 얼굴에는 여유로운 미소가 감돌고 있었다.

†

—한편, 룩스 일행이 포진한 야영지의 서쪽.

자동인형 아샤리아가 조종하는 《우로보로스》, 거점으로 접근 중인 디아볼로스와의 싸움이 전개됐다.

"이런 걸 신경 쓸 때가 아닌데 말이지—."

《파프니르》로 적을 저격하던 크루루시퍼는 초조한 목소리로 혼잣말하며 푸른 머리카락을 쓸어 올렸다.

디아볼로스는 엘릭시르를 투여받고 강화되어 있었다.

『완전결합』을 쓰지 않고 상대하는 건 다소 버거웠지만, 비장의 수를 지금 꺼낼 수는 없었다.

후길을, 아니면 최소한 아샤리아를 저지해야 하는 상황에서 쓰지 않는다면 그야말로 전력을 소모시키겠다는 적의 계획대로 놀아나게 된다.

"키샤아아아아악……!"

"윽……! 또 새로운 녀석이……."

하지만 세 번째 디아볼로스가 시야에 나타나자 그런 말을 하고 있을 수도 없었다. 이대로 크루루시퍼의 방어선이 뚫리면 근처 야영지에 편성한 연합군의 진형이 붕괴되고 만다.

중추를 지키기 위해서 진을 치고 있는 아이리와 에이릴 일행에게 적이 접근하게 둘 수는 없었다.

그러나 여러 마리의 강적을 상대할 때는 《재화의 예지》의 미래 예지도 흐트러진다.

크루루시퍼가 정신없이 싸우는 와중에 눈앞에 있는 디아볼로스 세 마리 중 하나의 움직임이 멈췄다.

흥부가 몇 배로 팽창하더니 붉은 균열이 생겼다.

"—위험해!"

치명상을 입으면 자폭해서 광범위를 파괴하는 것은 이 환신수의 특징이다.

심지어 엘릭시르로 강화되었으니 위력도 기존과 격이 다를 터였다.

자폭하기 전에 서둘러 처치하려다 생긴 빈틈을 다른 두 마리의 디아볼로스는 놓치지 않았다.

"아차—!"

도검처럼 예리한 새까만 손톱이 크루루시퍼의 배후를 노렸다. 《용린장순》으로 방어했지만, 잠시 움직임을 멈춘 사이에 자폭 모드에 들어간 한 마리의 몸뚱이에서 섬광이 뿜어져 나왔다.

"헛······?!"

폭발로 인한 충격과 굉음에 대비해서 크루루시퍼는 자세를 잡았다.

굳이 미래를 예지하지 않아도 완벽하게 방어하지 못하고 큰 피해를 입으리라는 것을 이해하고 분함을 삼켰지만—

"에휴, 대체 뭘 하는 건지. 요즘 좀 느슨해진 거 아냐? 마음 쪽이."

"소년의 일로 머리가 꽉 찬 걸지도—《바람의 위광》!"

눈을 질끈 감은 크루루시퍼의 귀에 메르와 소피스의 목소리가 들리고, 상황이 일변했다.

강화 디아볼로스의 자폭으로 발생한 충격파와 열풍은 전부

대각선 뒤에 있던 한 마리에게 쏟아져서 순식간에 잿더미로 만들었다.

《브리트라》의 궤도 제어 신장으로 폭발 에너지를 한 점에 집중시킨 것이었다.

적의 공격이 강하면 강할수록 활용도가 높아지는 《바람의 위광》마하푸라나은 이 상황에서는 최적이었다.

"너희가, 왜 여기에─."

"왜고 자시고, 너 혼자 어떻게든 할 수 있다는 얘기를 안 믿었을 뿐이야. ─《상극의 천리》듀얼 시프트."

메르가 《드래이그 귀버》의 신장─ 온도 조작 능력으로 디아볼로스의 피부 온도를 극한까지 낮춰서 얼리고, 움직임이 둔해진 디아볼로스를 할버드로 쪼개버렸다.

내리고 있는 눈이 체온에 녹아서 환신수의 피부가 촉촉하게 젖어 있는 덕분에 순식간에 얼릴 수가 있었다.

야영지를 지키고 있던 두 사람은 아이리에게서 룩스가 후길의 위치를 파악하고 요격했다는 연락을 받고서 크루루시퍼를 지원하러 온 모양이었다.

"사실 후길을 직접 혼내주는 게 훨씬 재밌을 것 같지만, 라이벌인 네가 죽기라도 하면 꿈자리가 사나우니까 와준 거라구."

"말은 그렇게 해도, 메르는 비교적 남을 잘 챙기는 착한 아이구나."

크루루시퍼는 소피스에게 지적받고 얼굴이 달아오른 메르를 보며 쓴웃음을 지었다.

그라이퍼도 남을 잘 챙겨주는 편이니 어느새 그 버릇이 옮은 걸지도 모르겠다.

처음에는 그저 적대하는 사이였던 그녀들이 이렇게 친해진 것은 전부 룩스 덕분이리라.

멀리 떨어진 곳에서 싸우고 있어도 룩스의 존재를 가까이에서 느낄 수 있었다.

그것이 기뻤고, 그렇기에 질 수 없었다.

단 한 명도 잃지 않고 이 싸움에서 승리를 거머쥐어야만 비로소 크루루시퍼가 원하는 미래가 보이게 될 테니까.

"그럼— 그러네. 룩스 군을 지원하는 건, 이번엔 다른 애한테 양보해주기로 할까."

크루루시퍼는 용성을 써서 《요르문간드》를 전개 중인 아이리와 통신했다.

『크루루시퍼 씨, 괜찮으세요? 현재 요루카 씨가 디아볼로스 몇 마리를 맡고 있고, 그 외의 십여 마리는 천천히 야영지 쪽으로 오고 있어요. 오빠는— 세리스 선배와 피르히 씨와 함께 후길과 교전 중이구요.』

『—그래.』

『그리고 이쪽으로 돌아와도 될 것 같으면 얼른 돌아와 주세요. 안 그러면…….』

『응, 이미 느끼고 있어. 그래도 디아볼로스를 전부 다 쓰러뜨리고 합류하는 게 나을 것 같아. 어차피 발을 묶어둘 담당이 필요하잖아?』

룩스가 후길과 직접 대결하고 있다면 그녀는 또다른 강적과 맞서야만 한다.

이미 그 발소리가 크루루시퍼 일행이 있는 곳까지 들려왔다.

『─경고, 하겠습니다.』

자동인형 아샤리아가 기룡의 확성 기능을 써서 말했다.

은폐 기능으로 숨어 있던 거대한 장갑기룡이 돌연히 눈앞에 나타났다.

"─저건!"

"개변기룡 《우로보로스》……! 벌써 이렇게 가까이 다가와 있었나!"

초월적으로 거대한 신장기룡치고는 너무나도 빠른 접근 속도에 메르와 소피스는 전율했다.

이 페이스라면 동쪽의 거점까지 앞으로 몇 분 내에 도착하리라. 강화 디아볼로스 십여 마리도 아직 다 처리하지 못했는데─ 말이다.

『여러분을 처치하는 건 후길의 의지를 거스르는 행위입니다. 하지만 어떻게든 저를 방해하겠다면 배제할 수밖에 없겠죠. 세 번째까지는 봐 드리겠지만, 그 안에 죽는다고 해도 책임지진 않을 테니 각오하시길.』

"꽤 관대한 걸? 우리가 그렇게 우스워 보이나─."

권고를 들은 메르가 땀을 흘리면서 당당하게 미소 지었다.

『칠용기성』 여섯 명이 싸웠음에도 패배의 쓴 잔을 마셔야 했던 위협을 그때보다 적은 전력으로 상대해야 하는 상황.

물론 거점에서 요격 태세가 갖춰질 때까지 발을 묶어 두는 게 목적이긴 하지만, 그것조차 쉽지 않은 상대다.

　《우로보로스》의 복부에서 튀어 나온 《일곱 개의 용머리》에 버금가는 장거리 저격포, 또는 철탑을 방불케 하는 거대한 블레이드의 일격을 정통으로 맞는다면 방어에 집중한다 해도 과연 살아남을 수 있을지 의심스럽다.

　"무서우면 도망쳐도 돼. 화내진 않을 테니까."

　크루루시퍼가 압도적인 위협 앞에서 농담을 꺼내자 메르도 맞장구 쳤다.

　"그거 좋네. 누가 제일 먼저 도망치나 내기할래?"

　"먼저 도망친 사람이 모두에게 한 턱 쏘는 내기가 좋겠어."

　소피스까지 편승한 시점에서, 세 사람은 각자의 무장을 들어 올렸다. 그 직후, 요새나 다름없는 거대한 신장기룡이『고대의 숲』전체를 뒤흔들 기세로 날아올랐다.

✝

　"기, 샤아아아아앗……!"

　『─요루카 씨! 무사하세요?! 디아볼로스 세 마리가 포위하고 있는데─.』

　『두 마리를 잘못 말씀하셨네요. 지금 막 한 마리를 해치운 참이랍니다.』

　『여전하네요……. 살짝 안심했어요.』

아이리는 기막혀 하면서 감탄의 한숨을 흘렸다.

압도적으로 불리한 상황에서도 그녀의 빼어난 능력은 빛이 바래지 않았다.

『그보다 주인님은 괜찮으신가요? 종자로서 참으로 부끄럽네요. 이까짓 상대에게 애를 먹어서 당장 달려갈 수가 없다니—.』

『걱정 안 해도 돼요. 오빠에게도 강한 아군이 함께 있으니까.』

몇 시간 동안 휴식하고 회복해서 《야토노카미》를 문제없이 다루는 그 모습은 여전히 믿음직스러웠다.

강화형 디아볼로스 여러 마리가 포위하더라도 개의치 않았다.

생물이 상대인만큼 호흡을 읽어내서 의식의 간격을 찌르는 『각격』도 쓸 수 있는 모양이었다.

북쪽에서 침공하는 《우로보로스》를 크루루시퍼 일행이 저지하고, 서쪽에서 접근하는 디아볼로스 몇 마리를 요루카가 제압. 남쪽에서는 룩스와 후길이 교전 중— 현재 전황은 이와 같았다.

머지않아 아이리 일행이 있는 거점에 디아볼로스가 도착할 테니 이제부터가 진짜 시작이라 할 수 있었지만—.

『……어라? 크루루시퍼 씨 일행 쪽에서 해치운 게 세 마리. 요루카 씨가 해치운 게 한 마리……. 디아볼로스는 총 스무 마리였을 텐데— 한 마리 부족하네요. 기분 탓일까요?』

아이리가 문득 입밖으로 꺼낸 말은 계산에 착오가 있었을지도 모른다는 단순한 불안에 불과하고, 전황에 큰 영향을 주지 못할 문제일 터였으나—.

『―그건, 묘하네요.』

아무리 강력한 환신수라고 해도 고작 한 마리.

요루카 정도의 실력자라면 신경 쓰지 않으리라고 생각하고 꺼낸 말이었지만 그녀는 진지하게 받아들였다.

『묘한……가요? 확실히 이상하다면 이상하긴 하지만―.』

아이리는 그렇게 대꾸하면서도 요루카가 왜 그 점에 주목하는지 알 수 없었다.

위험도를 따지자면 후길이나 아샤리아 쪽이 몇 배는 더 위험하다.

『숨겨진 무언가가 있을지도 모르어요. 저 하나만을 교묘하게 끌어낸 적의 책사가 노리는 바라면―.』

『헉……?!』

기룡의 구동음과 함께 들려온 요루카의 말에 아이리는 정신이 번쩍 들었다.

광범위 레이더를 탑재한 특장형 신장기룡을 다루는 요루카는 후길의 위치를 특정하기 위해 서쪽으로 이동했고― **홀로 떨어지게 됐다.**

아이리는 후길을 요격하러 간 룩스를 지원해줄 멤버로는 기동력을 따졌을 때 세리스와 피르히가 최적이라고 생각했지만, 가능하다면 《금주부호》를 활용할 수 있는 요루카를 보내고 싶었던 것도 사실이다.

곰곰히 생각해보면 룩스는 후길의 노림수를 읽어내고 요격에 성공했으나― 상대 진영에도 유리한 상황이 만들어졌다.

『설마, 아니⋯⋯. 아무것도 아니에요. 조심해서 싸우세요, 요루카 씨. 또 무슨 일이 있으면 연락하시구요.』

『알겠사옵니다, 지휘관님.』

아이리는 요루카와의 통신을 끝내고 그녀가 꺼낸 의미심장한 한마디에 대해 곰곰이 생각했다.

"아이리, 무슨 문제 있나요?"

"아뇨—."

이 모든 상황이 후길의 의도대로 진행된 결과라고 생각하기는 어렵다.

그러나 요루카와 디아볼로스를 맞붙게 하고 신장기룡간의 대결을 피한 시점에서 어떠한 이득을 하나 얻었다면— 역시 후길의 통찰력은 얕볼 수 없다.

어떤 면에서는 《요르문간드》를 사용할 수 있는 아이리라는 비장의 수단을 써서 한발 앞서 나간 룩스보다도 우위에 있다.

그렇게 생각하니 쥐도 새도 모르게 사라진 한 마리의 디아볼로스가 의심스러웠다.

요루카의 조언을 기분 탓이라고 가볍게 받아들여서는 안 된다.

아이리는 룩스 몫까지 스스로 생각해서 힘이 되어야 한다고 생각했다.

"그보다 리샤 님, 위치에 서 주세요. 이제 곧 강화 디아볼로스 세 마리가 도착할 거예요!"

"그래, 이쪽은 맡겨다오. 다들 가자!"

"응, 언니!"

지하에 중추가 잠들어 있는 신전터— 거점에 남아있던 기룡사들이 저마다 자신의 기룡을 두르고 발진했다.

『창궁사단』의 아르마는 트라이어드와 함께 아이리를 호위하고, 디아볼로스는 리샤, 그라이퍼, 로자 세 사람이 맡는다.

그 외에 남은 전력으로는 에이릴이 있었지만, 《자하크》는 중파된 채였고 중추와 접속했을 때도 체력을 소모한 탓에 출격하지 않았다. 아니, 불가능했다.

이제는 장벽을 펼치는 등 방어 대책을 갖추고 부상당한 기룡사들을 회수하는 것에 전력을 다할 수밖에 없다.

후길이 목적지인 중추에 다다를 때까지, 아이리 일행은 얼마나 유리한 상황을 만들 수 있을 것인가.

그걸 생각하면 승리의 조건을 갖추기 위해서는 수없이 많은 포석을 깔아야 할 것이다.

그래야만 승패를 판가름하는 최대의 열쇠를 쥘 수 있다.

"다들— 부디 무사하시길."

디아볼로스를 요격하러 나선 리샤 일행을 배웅하며 아이리는 중얼거렸다.

신장기룡 《요르문간드》는 단순히 두르고만 있어도 체력이 심하게 소모되지만 나약한 소리를 할 수는 없었다.

지금까지 줄곧 보호받으며 느껴야 했던 마음의 고통에 비하면 자신이 계획의 중심에 있는 이 상황은 오히려 기분 좋을 정도였다.

†

"하아아앗……!"

지하에 중추가 잠들어 있는 신전터— 아이리 일행의 거점으로부터 남쪽으로 약 2키르 떨어진 숲 속.

세리스는 포효에 가까운 기합을 지르며 《뇌광천창》^{라이트닝 랜스}을 내찔렀다.

전격을 휘감은 필살의 찌르기는 밀집한 나무를 날려버릴 정도의 위력을 가졌다.

그리고 설령 방어한다 해도 그 전격은 브레이크 퍼지로 얇아진 장갑을 관통하고 후길의 육신조차 죽음에 이르게 하리라.

하지만 세리스는 조금도 망설이지 않았다.

이제는 평범한 인간이 아니긴 하지만, 그를— 후길을 죽이겠다는 각오를 다지고 필살의 일격을 시도했다. 그러나—.

"—《폭식》." ^{리로드 온 파이어}

후길은 한 박자 빠르게 세리스와 《린드부름》을 대상으로 《바하무트》의 신장을 발동했다.

"헉……?!"

그 순간 세리스의 움직임— 시간의 흐름이 몇 분의 1로 감속했다. 《폭식》의 압축 강화 능력으로 움직임을 둔화시켜서 공격을 봉쇄한 것이다.

아무리 강력하고 방어조차 불가능한 공격이라고 해도 맞지 않으면 문제될 게 없다.

그리고 이 상황에서 후길이 노리는 건 룩스가 개발한 전투 기술, 『폭격』이다.

시간 압축 효과가 남아 있는 나머지 4초간 거의 무방비한 세리스에게 참격을 퍼붓고, 그렇게 축적된 충격을 후반 5초간 한꺼번에 작렬시킨다.

"피이!"

룩스는 아직 제대로 움직일 수 없었지만 그것을 저지하기 위해 피르히에게 소리쳤다.

피르히는 그 즉시 중거리에서 《파일 앵커》를 사출해서 세리스를 공격하려 하는 후길을 바로 옆에서 공격했다.

"─홋."

그러나 후길은 피식 웃더니 마치 예상이라도 한 것처럼 엄청난 속도로 대처했다.

탄환처럼 빠르게 날아오는 말뚝 끝을 대검으로 쳐내자 사슬의 궤도가 틀어지고 세리스의 《린드부름》을 휘감았다.

"큭……!"

그 직후 전격의 창에 얽힌 《파일 앵커》의 사슬을 따라 피르히의 《티폰》에 전기가 흘렀고 그로 인해 움직임을 멈췄다.

나머지 말뚝은 후길이 최소한으로 몸을 비틀어서 회피했다.

그것이 고작 2초 동안 이루어진 공방이다.

후길은 2초가 더 지나기 전에 세리스의 어깨를 《카오스 브랜드》로 강타했다.

"으, 아악……!"

압축 강화의 시간이 후반 5초에 도달한 찰나 세리스는 뒤로 세차게 나가떨어졌고 피르히는 감전으로 마비돼서 움직이지 못했다.

　"……말도, 안 돼!"

　후길의 《바하무트》는 현재 특공 형태이므로 확실히 몸이 가벼워졌고 공격력도 올라갔다.

　반면에— 방어력이 떨어지고 장벽조차 발생할 수 없는 하이리스크 상황에서 세리스와 피르히의 전력을 다한 공격을 가볍게 받아넘겼다.

　전격을 휘감은 《라이트닝 랜스》는 《폭식》으로 회피했고, 《티폰》의 《파일 앵커》는 랜스에 휘감아 전격을 흘려보내서 아군끼리 공멸하게 했다.

　룩스는 후길이 아무리 대단하다 해도 《우로보로스》를 직접 쓰지 못하는 상태로 이 상황을 타파하는 건 어려울 거라고 생각했다.

　하지만 룩스마저 능가하는 사고의 순발력으로 멋지게 대처하고 역습까지 펼쳤다.

　"어떻게, 그럴 수 있는 거지……? 너는—."

　"그 정도의 연계는 이미 몇 번이나 경험해봤다. 처음 맞닥뜨렸을 때는 매운 맛을 보긴 했지만. 그게 몇백 년 전 일이었더라—."

　룩스가 무심코 꺼낸 혼잣말을 주워듣고 후길은 냉소를 지었다.

　이미 경험했다.

세계의 균형을 유지하기 위해서 역사를 수없이 반복하며 신장기룡을 다루는 자들과 끊임없이 싸웠다. 아니— 신성 아카디아 황국의 전란 속에서 온갖 불리한 조건을 겪어봤을 것이다.

몇 번이나 죽음의 문턱 앞에 서고, 그때마다 사선을 뛰어넘은 사람이기에 얻을 수 있는 경험의 힘.

룩스는 그 힘에 내심 전율했다.

물론 룩스도 적의 공격 패턴을 간파하기 위해서 『무패의 최약』으로 숱한 전투를 겪어봤다.

후길은 그런 룩스의 수십 배에 달하는 경험치를 쌓은 것이다.

"룩스! 위축되지 마세요! 그가 노리는 건 당신입니다!"

나가떨어진 세리스는 아주 짧은 순간이지만 멍하니 굳어버린 룩스에게 소리쳤다.

룩스가 퍼뜩 정신을 되찾았을 때, 후길은 이미 움직이고 있었다.

"—내가 그렇게 말했나? 지레짐작으로 움직이는 건 관둬라. 또 길을 잘못 들고 싶지 않다면."

"큭……!"

후길이 노리는 건 룩스가 아니라 《린드부름》의 어깨를 베이고 자세가 무너진 세리스였다.

저공으로 비행하며 휘두른 일섬이 다시 장갑 어깨에 꽂히려는 찰나—

"크윽!"

세리스는 순간적으로 몸을 비틀어서 기룡의 급소인 환창기핵이 직격당하는 걸 피했다.

그 대신 장벽이 얇은 흉부를 베였고, 꿰뚫리는 듯한 충격을 장갑 너머로 느끼며 눈을 부릅떴다.

"으아아아악……?!"

"세리스 선배!"

가까스로 장갑이 해제되는 것은 면했으나 당분간 제대로 움직일 수 없으리라.

이 전투에서 《린드부름》을 쓰지 못하게 돼서 탈락하는 결과를 피한 대가는 컸다.

하지만 세리스를 먼저 공격한 후길의 의도는 룩스도 뼈저리게 알 수 있었다.

《린드부름》이 펼치는 뇌섬은 적을 찌르는 동시에 창날 끝에서 방어를 무시하는 전기를 방출한다.

브레이크 퍼지로 방어력이 대폭 낮아진 현재의 후길은 감전당하는 즉시 패배로 이어진다.

따라서 신중하게 세리스부터 처리한 것이다.

"제법이군. 그 상황에서 환창기핵의 직격을 피하다니. 하지만 어리석은 행동이었다고 단언하겠다. 네가 믿는 저 남자에게는 그렇게 목숨을 걸 가치는 없다. 사람을 선동해서 무모한 싸움에 끌어들이는 약자를 영웅이라고 부르지는 않지. 다시 말해서—."

후길은 재차 《카오스 브랜드》를 들어 올리며 세리스를 벨 자세를 취했다.

피르히는 마비가 풀리지 않아 아직 움직일 수 없었다.

세리스를 끝장내려는 후길을 막기 위해 룩스는 전신의 통증을 무시하고 《바하무트》로 활공했다.

"그만 둬! 후기이이일!"

최단, 최속, 일직선의 돌격. 그럼에도 세리스의 죽음보다 늦게 도착하리라.

그러나 만일 공격 대상을 룩스로 바꾼다면, 세리스의 목숨만은 구할 수 있으리라고 판단했다.

그러나 룩스는 확실히 예견할 수 있었다.

불과 1, 2초 후의 미래.

후길의 《바하무트》가 가차없이 세리스를 향해 대검을 내려치고 선혈이 튀는 모습이.

《린드부름》의 장갑이 부서지고, 팔에서 피가 뿜어져 나오는 광경이 머릿속에 떠올랐다.

그렇게 생각한 찰나, 룩스의 의식이 새하얗게 물들었다.

분노인가. 슬픔인가. 아니면 절망인가.

룩스는 『세례』로 강화된 사고력을 극한까지 끌어올렸다.

"하아아아앗……!"

세리스에 대한 공격을 막기에는 거리가 멀다.

하울링 로어로 방해한다고 해도 에너지를 축적해야 하므로 시간이 걸린다.

대거를 투척하기에는 이미 늦었다. 피르히도 세리스도 움직이지 못한다.

하지만 관여할 수 있는 수단은 남아 있었다.

자신의 상황을 파악한 룩스는 《공명파동》으로 발밑의 《파일 앵커》를 끌어당겼다.

다음 순간, 세리스에게 최후의 일격을 가하려고 《카오스 브랜드》를 높게 든 후길의 팔에 《린드부름》의 랜스 끝이 박혔다.

"─뭐지?"

이제까지 어떤 일에도 동요하지 않던 후길이 살짝 눈살을 찌푸렸다.

브레이크 퍼지로 장벽 발생 장치를 분리한 데다 장갑이 극한까지 얇아졌기 때문에 창날이 살짝 닿는 정도로도 팔에 박혔다.

직후, 후길이 내려친 대검이 세리스의 몸에서 빗나가 눈더미를 갈랐다.

"─그런 거였군."

후길은 결과를 직접 보고 나서야 룩스가 펼친 절기의 정체를 이해했다.

조금 전 후길은 《티폰》이 사출한 《파일 앵커》를 《린드부름》의 《라이트닝 랜스》에 감아 아군끼리 공멸하게 했다.

피르히는 전격에 감전돼서 마비되었고, 당연히 당장 움직일 수 없다는 것도 파악했다.

하지만 룩스가 《파일 앵커》를 끌어당기면 와이어가 감겨 있는 랜스를 조금이나마 조작할 수 있다.

후길이 보여준 다른 기룡사의 무장을 이용하는 전략.

그로 인해 만들어진 상황을 룩스가 다시 즉흥적으로 이용해서 반격한 셈이다.

이는 후길의 《바하무트》의 장갑이 브레이크 퍼지로 인해 대폭 줄어들었기 때문에 나온 결과였다.

만약 온전한 상태였다면 에너지가 담기지도 않은 창이 살짝 움직이는 정도는 장벽으로 간단히 튕겨냈을 터다.

그러나 룩스는 이 기회를, 상황의 변화에서 비롯된 최선책을 놓치지 않았다.

그리고 지금 막 파악한 후길의 행동을 이용해서 절망적인 상황을 타파해냈다.

"—제법이구나."

후길은 빗나간 《카오스 브랜드》를 다시 휘둘러 올리며 웃었다.

"하지만 죽을 시간이 조금 늦춰졌을 뿐이지. 너희의 결말은— 변하지 않아."

후길의 반대쪽 손이 허리춤의 기공각검에 닿은 순간 세리스가 두 눈을 부릅떴다.

"과연 그럴까요? 너무 얕봤군요. 그와 우리를."

"—!"

느닷없이 뿜어져 나온 섬광이 후길의 시야를 뒤덮었다.

주위에 쌓인 눈에 반사돼서 더욱 눈부시고 강렬한 빛이 망박을 태웠다.

아직 제대로 움직일 수 없는 세리스가 《라이트닝 랜스》의 창날 끝에서 섬광을 방출한 결과였다.

후길에게 반격할 정도의 조작은 아직 불가능했지만, 시야를 차단할 빛 정도는 약간의 에너지와 조작으로 만들 수 있었다.

그리고 평범한 인간도 몇 배는 뛰어난 신체능력과 오감을 가진 후길이라면 시각에 입는 대미지도 클 터였다.

하지만 후길은 즉시 눈을 감고 귀에 신경을 집중해서 기룡이 움직이는 소리를 찾았다.

일직선으로 자신을 향해 날아오는 룩스. 그 속도와 예상 도달 시간을 읽고 에너지를 머리 장갑에 모아 충격파를 방출했다.

"─기룡포효."

후길이 아무리 초인이라 해도 시야를 차단당한 상태로 룩스의 돌격을 피하는 것은 어렵다.

그래서 하울링 로어로 룩스의 돌격을 저지하는 동시에 반동을 이용해서 후길 자신도 뒤로 쭉 물러났다.

후길은 그렇게 시간과 거리를 벌어서 《우로보로스》를 소환할 심산이었다.

룩스의 다른 동료들이 없는 상황에서 《우로보로스》를 장착하면 전력의 차이는 메울 수 없을 정도로 벌어지고, 후길의 승리가 확정된다.

"그렇게…… 놔둘 것 같아!"

─그러나 룩스는 충격파의 벽을 쉽게 뚫고 후길의 앞으로 육박했다.

"……?!"

시야를 회복한 후길이 맨 처음으로 본 것은, 하울링 로어의 반동으로 뒤로 물러난 자신을 향해 《카오스 브랜드》를 내려치는 룩스의 모습이었다.

"—영구연환." ^{엔드 액션}

첫 공격은 후길이 반사적으로 방패 삼아 들어올린 대검에 막혔다. 하지만— 상관없었다.

무한히 이어지는 숨쉴 틈 없는 연속 공격을 룩스는 폭풍처럼 퍼부었다.

룩스는 어떻게 후길이 방출한 하울링 로어의 충격파를 정면으로 돌파했는가—.

그것은 세리스의 눈속임에 맞춰 기동한 《폭식》 덕분이었다.

자기 자신에게 쏟아질 충격파의 영향을 압축 강화로 몇 분의 1까지 격감시켰다.

그렇게 하울링 로어의 위력을 제로에 가깝게 줄이고 후길의 허를 찌르는데 성공했다.

하지만— 후반 5초에 접어들면 장갑과 신체에 걸렸던 압력이 몇 배로 강화돼서 돌아올 터다.

따라서 전반 5초 내에 후길을 쓰러뜨릴 필요가 있었다.

"뒷일을 생각하지 않고 날 쓰러뜨리러 온 건가. 무모한 도박에 나섰구나."

『세례』를 받아 육체가 일반인보다 강화됐기 때문에 선택할 수 있는 수단이었지만 그럼에도 리스크는 컸다.

겨우 5초의 영구연환으로는— 방어력이 대폭 저하된 후길의 《바하무트》를 부수는 것조차 불가능하다.

뿐만 아니라 지금 룩스는 무시무시한 위협에 노출된 상태다.

후길의 하울링 로어를 돌파하기 위해서 미리 《폭식》를 사용했으니 후반 5초에 진입하면 처음에 받은 충격이 몇 배로 돌아올 것이다. 그리고 그 후반 5초에 후길의 《바하무트》가 반격한다면 그 대미지도 몇 배로 증가할 테니 패배는 피할 수 없다.

하지만 룩스는 《우로보로스》의 소환을 막기 위해 후길의 손을 봉쇄할 필요가 있었다.

그리고—.

"내가 《우로보로스》를 소환하지 못하도록 방해하면서 동료들이 회복되기를 기다리려는 거냐? 그것 때문에 자폭이라는 걸 알면서도 공격하다니—."

"큭……!"

후길이 핵심을 지적하자 룩스는 자기도 모르게 헛숨을 삼켰다.

룩스가 앞으로 받게 될 압축 강화의 반동 대미지를 개의치 않고 사력을 쥐어짜낸 이유는 뒷일을 동료들에게 맡겼기 때문이다.

그녀들에게 위험한 역할을 맡기고 싶지는 않았지만 그 수밖에 없다고 판단했다.

"나는, 모두의 힘을 하나로 모아서, 널 쓰러뜨리겠어!"

《폭식》의 후반 5초에 돌입할 때까지 앞으로 2초. 룩스가 혼신의 힘으로 영구연환을 펼치며 후길의 움직임을 봉쇄하려고 했을 때.

—키이잉!

룩스의 블레이드가 갑자기 튕겨 나가며 연격의 흐름이 끊겼다.

"답답한 녀석 같으니. 타인의 힘을 자기 것이라고 잘못 생각하고 있으니 그렇게 되는 거다. 자기 혼자 힘으로 길을 개척하지 못하는 자는 누군가에게 기대면 약해진다는 사실을 모르지."

"대체, 어떻게 공격을 막은 거야—?!"

영구연환은 숨쉴 틈도 없이 연달아 참격을 퍼붓는 오의.

그 공격 사이에 틈은 존재하지 않는다.

설령 후길이 정확하게 막아낸다 해도, 막은 뒤에 반격에 나설 시간이 부족하다.

그러므로 일단 첫 일격을 막게 되면 룩스의 숨이 끊어지지 않는 한 상대가 도중에 반격하는 것은 불가능하다.

룩스는 모의전에서 기룡사를 상대하며 이를 시험해보았다.

그런데—.

"그건 평범한 장갑기룡을 상대할 때 얘기겠지? 내 장갑은 브레이크 퍼지로 인해 3분의 2 정도로 줄어들었다. 그렇다면—."

그만큼 기체가 움직이는 속도도 극히 미미하게 빨라진다.

구동시킬 프레임이 줄어들었기 때문에 영구연환의 틈을 찌를 수 있었던 것이다.

"남은 시간은 1초—. 작별할 때가 되었구나, 아우야."

후길은 자세가 무너진 룩스를 노리고 블레이드를 힘껏 들었다.

이제 룩스는 《폭식》의 후반 5초에 돌입한 반동으로 받게 되는 충격량이 몇 배로 불어날 것이다.

그리고 절망이 찾아오려는 순간, 룩스와 후길은 누군가의
목소리를 들었다.

"―《무정한 과실》."

(미싱 페이트)

"―?!"

피르히의 《티폰》을 중심으로 거미줄처럼 뻗어 나가는 검은
파동.

신장 무효화의 신장이 룩스와 후길을 감쌌다.

다음 순간 룩스는 후길이 내려친 《카오스 브랜드》를 제때
방어해냈다.

"……그런, 가!"

움직이지 못할 터인 룩스가 움직였다는 위화감. 하지만 후
길은 이내 무슨 일이 일어났는지 이해했다.

《무정한 과실》의 영역 내에 있는 기룡은 출력이 저하된다.

(미싱 페이트)

하지만 룩스가 공격을 막은 이유는 그게 아니었다.

룩스와 피르히가 펼친 것은 《폭식》의 반동을 《무정한 과실》
로 지우는 연계였다.

"참으로 대단한 발상을 하는 남자로군. 천 년 넘게 살았지
만 이런 걸 보여준 사람은 없었어."

아군의 신장 효과까지 지워버리는 《티폰》의 신장을 이런 식
으로 활용한 자는 영겁의 세월을 살아온 후길의 기억에도 존
재하지 않았다.

룩스의 시나리오.

상상력이라는 무기를 활용한 전략을 세울 수 있게 된 것은 한없이 강대한 적들을 직접 격파하며 성장한 덕분이리라.

그리고— 서로 경쟁하며 실력을 갈고 닦아온 그녀들 또한 강해졌다.

"하아아아아아앗!"

후길의 일격을 막은 룩스는 《무정한 과실》의 효과로 기룡의 출력이 저하된 탓에 제대로 움직일 수 없었다.

대신에 기공각검을 뽑아 직접 공격했지만, 후길 역시 《우로보로스》의 기공각검으로 방어했다.

"큭……!"

기룡이 제대로 움직이지 못하고 적이 지근거리에 있다면 기공각검으로 벤다.

룩스와 후길은 동시에 같은 결론에 도달했다.

하지만 승패는 명확하게 드러났다.

채앵!

날카로운 소리가 울려 퍼지며 룩스가 쥐고 있던 《바하무트》의 기공각검이 튕겨나가 허공에서 빙글빙글 돌다가 떨어졌다.

전략과 전술이 후길과 동등한 레벨에 도달했다고 해도, 후길의 신체능력은 환신수 이상이라는 특성이 있다.

"생각이 조금 짧았구나. 나와 같은 사고 수준에 도달해도 넌 나를 뛰어넘을 수 없다."

"꼭 그렇지만은 않아."

룩스가 허세를 부리는 것처럼 웃은 직후에 후길은 《우로보로스》의 기공각검을 휘둘렀다.

그 순간 룩스의 몸이 두르고 있는 장갑과 함께 후퇴해서 후길의 일격은 허공을 갈랐다.

"루우. 뒷일은, 내게 맡겨줘."

"응. 조심해…… 피이."

조금 전에 잡아당겼던 《파일 앵커》의 사슬 한 줄이 《바하무트》의 동체를 휘감고 있었다.

그것을 《티폰》으로 잡아당기면 움직임이 둔해진 상태에서도 얼마든지 이탈할 수 있다.

이제부터 룩스와 세리스가 태세를 재정비할 때까지 피르히가 후길을 상대해야 한다.

룩스는 내심 초조했지만 이 상태로는 어찌할 도리가 없었다.

피르히가 무사하기를 빌면서 1초라도 빨리 복귀하기 위해 준비해야 했다.

"─홋."

후퇴하는 룩스를 본 후길의 표정에 희미한 미소가 떠올랐다.

자신을 노리고 사출된 《파일 앵커》를 《카오스 브랜드》로 쳐내고 《공명파동》으로 앵커의 사슬을 주위의 나무에 휘감았다.

다음 순간 《폭식》의 진홍색 빛을 장갑에서 방출하더니 등을 돌리고 **도망쳤다.**

"준비가 다 됐나. 그럼 시작하지, 아샤리아."

"……?!"

난데없이 도주를 선택한 후길이 남긴 불온한 한마디에 룩스는 숨이 멎는 듯했다.

　황급히 신전터에 포진 중인 아이리와 용성으로 통신했다.

†

　『아이리—?! 그쪽 상황은 어때? 뭔가 수상한 낌새는 없어?』

　설치형 특장형 신장기룡—《요르문간드》를 두른 아이리는 오빠의 통신을 받고 고개를 들었다.

　『무사하셨군요?! 오빠 쪽이 훨씬 더 걱정이에요. 이쪽은 괜찮아요. 다른 쪽에서 후길과 《우로보로스》의 발목을 붙잡아 둔 덕분에 선전하고 있어요. 다만—.』

　『다만?』

　『아, 별로 대단한 문제는 아닌데요…….』

　룩스가 되묻자 아이리는 잠시 머뭇거렸다.

　아주 사소한 위화감이었기 때문에 이 긴박한 상황에서 과연 말할 필요가 있는 것인지 망설인 것이다.

　『주위를 포위하려는 것처럼 움직이던 나머지 디아볼로스들이 한 점으로 이동하고 있어요. 그것도 이쪽으로 오는 게 아니라, 거점보다 북쪽 위치로요.』

　『—?』

　스무 마리에 달하는 강화 디아볼로스 중 몇 마리는 이미 격퇴했다.

그런데 열세라고 판단하자마자 순식간에 방향을 틀어서 물러나버렸다.

지하에 중추가 잠들어 있는 거점을 지켜야 하는 만큼 리샤 일행도 멀리 나갈 수는 없어서 추격하지 못했지만—.

『……』

뭔가, 안 좋은 예감이 들었다.

그것을 말로 제대로 표현하지 못한 채 룩스는 입을 꾹 다물었다.

†

룩스와 아이리가 용성으로 통신하는 도중.

다시 합류한 후길과 아샤리아도 중요한 작전을 세우고 있었다.

『—후길, 정말로 그 방법을 쓸 건가요? 만약 성공한다면 이 숲은 당분간 못 쓰게 될 텐데요.』

『그래. 녀석들을 살려둔 채 쓰러뜨리는 건 생각보다 번거롭겠더군. 《우로보로스》의 에너지를 이 이상 쓰면 녀석들을 쓰러뜨린 후에 진행할 세계 개변이 성가셔져. 지금부터는 전력으로— 박살내겠다.』

『흔치 않은 일이군요. 당신이 그렇게까지 고전하는 적이라니.』

『……』

후길은 이제까지 룩스 한 명만 배제하는 걸 목표로 삼아 움직였다.

세계의 균형을 유지하고, 발굴해낸 왕의 그릇에 관리를 맡기고, 인간의 선택을, 미래를 지켜보는 것이 목적인 후길에게 이 싸움은 바라던 바가 아니었다.

　뛰어난 기룡사인 그들을 모조리 제거하면 각국에서 또다시 내란이 격화될 가능성이 있기 때문이다.

　하지만 후길의 기준으로 보아도 룩스는 상상 이상으로 강해졌다.

　—아니.

　룩스는 타인을 자기 편으로 만드는 힘을 키웠다.

　그들은 서로 호흡을 맞추고, 룩스의 의도를 이해하고, 서로 협력하며 자신들의 능력을 몇 배나 끌어올렸다.

　그것은 천 년 이상 고독하게, 압도적인 힘으로 혼자 세계의 균형을 유지해온 후길이나 자기 자신의 천재성을 갈고 닦은 싱글렌과 다른 종류의 재능이었다.

　『이 이상— 봐주면서 상대할 만한 수준은 아닌 것 같다.』

　후길이 전선에서 이탈한 이유는 룩스 하나만 신속하게 처리하는 걸 단념했기 때문이다.

　『알겠, 습니다.』

　이제부터가 진짜라고 할 수 있었다.

　후길이 스무 마리나 되는 디아볼로스를 구태여 끌고 온 이유.

　몇 분 후면 그 비책이 아이리 일행을 엄습할 것이다.

†

"빨리, 아이리가 있는 쪽으로 가야 해⋯⋯."

불온한 낌새를 느끼고 일어나려고 하는 룩스를 세리스가 만류했다.

이미 《티폰》을 두른 피르히가 도주한 후길을 전속력으로 추격하고 있지만 비행형인 데다 가벼워진 《바하무트》의 전속력을 따라잡는 건 어려울 것이다.

그렇다면 자신도 쫓아가야 한다고 생각한 룩스는 억지로 몸을 움직이려고 했지만—.

"기다리세요, 룩스. 정 가겠다면 잠깐이라도 쉬었다가 체력을 회복하고 가세요. 그리고 후길도 아주 멀쩡하진 않을 거예요."

방어 장갑을 극한까지 분리한 특공 형태로 공방을 펼친 후길은 육체에 상당한 대미지가 누적됐다.

제아무리 평범한 인간을 아득히 초월한 내구력을 자랑한다 해도 결코 무시할 수 없는 영향이 있을 터다.

어쩌면 지금의 룩스처럼 금방은 회복할 수 없을 정도로 소모됐을 가능성이 높다.

하지만— 무시무시했다.

결코 후길을 과소평가한 건 아니지만, 《우로보로스》 본체와 떨어져 있는 상태에서 세리스와 피르히가 협력해준다면 약간이나마 유리할 거라고 예측했다.

그런데 실제로는 최대의 기습에 성공했음에도 불구하고 후길은 기룡사로서의 실력으로 타개해버렸다.

여전히 힘의 바닥이 전혀 보이지 않았다.

오히려 싸우면 싸울수록 더욱 강해지는 것 같았다.

"그런 몸으로 간다고 뭘 할 수 있을까요? 후회하고 싶지 않다면, 어느 정도 움직일 수 있게 될 때까지 참아야 합니다."

"……그렇, 죠."

세리스의 간언을 듣고 룩스는 냉정함을 되찾았다.

후길의 압도적인 강력함과 동료를 잃을지도 모른다는 공포심에 잠시 이성을 잃었지만, 바로 그렇기 때문에— 제대로 움직이지 못하는 룩스가 간다 한들 아무 의미도 없다.

"죄송합니다, 세리스 선배."

"모두를 믿읍시다. 당신과 함께 단련해온 사람들은 그렇게까지 약하지 않으니까요."

세리스도 한시바삐 아이리 일행 곁으로 돌아가고 싶어 한다는 것은 그녀의 떨리는 몸을 보면 훤히 알 수 있었다.

그럼에도 그녀는 『기사단』의 대장으로서 책무를 다하려고 했다.

장갑기룡이 해제된 룩스의 몸을 세리스가 살며시 안아주었다.

눈보라를 맞고 차갑게 식은 몸을 소녀의 몸과 기룡의 히터가 녹여주었다.

"그러니까 지금은 단 몇 분이라도 쉬세요. 손발의 감각이 돌아오고, 통증이 사라질 때까지. 그때까지는 제가 당신을 지키는 방패가 되겠습니다."

세리스 역시 후길과 싸우면서 다친 곳이 한두 군데가 아니었지만, 그녀는 쉬는 대신에 룩스를 품에 안고 《린드부름》으로 날아올랐다.

룩스가 쉬면서 몸을 회복하는 동안 그의 다리가, 방패가 되어주기 위해서.

그녀의 헌신적인 행동에 감동한 룩스는 다시금 이 연상 소녀에게 친애의 감정을 느꼈다.

정말로 나는— 좋은 동료들을 두었다.

그렇기에 그 누구도 잃지 않고 이 윤회하는 세계를 끝내고 싶다.

그 마음을 새롭게 다지며 잠시 눈을 감았다.

†

"—아하. 드디어 이 잔재주의 목적이 무엇인지 알겠군요."

강화 디아볼로스 두 마리의 협공에 홀로 맞서며 기염을 토한 요루카는 그 두 마리를 처치한 순간 위화감을 느꼈다.

전투 중에 디아볼로스들은 교묘하게 서쪽으로 이동하며 중앙 거점에서 점점 멀어졌다.

도중에 몇 차례 들린 뿔피리 소리로 미루어 짐작건대, 디아볼로스를 잘 유도해서 요루카를 거점과 멀리 떨어뜨린 것이리라.

그리고 지금까지 사방에 흩어져 있던 디아볼로스 중에서 살아남은 개체들은 모두 한 곳으로 이동하기 시작했다.

© Yuichi Murakami

아이리 일행이 있는 거점 북쪽에서 진군 중인 개변기룡 주위에 모이고 있었다.

그건 그것대로 성가신 상황임에 분명했지만, 이쪽도 여러 방향에서 공격할 필요가 없어졌기 때문에 전력을 한곳에 집중할 수 있었다.

양쪽의 전력은 막상막하.

아니, 《우로보로스》의 약점을 고찰한 룩스의 예측이 적중한다면 리샤의 연합군이 유리할 거라고 요루카는 생각했지만―.

요루카는 부풀어 오르는 불길한 징조의 기척을 알아차렸다.

정확히 무슨 일이 일어나려는 건지는 알 수 없었지만, 라그나뢰크에 버금가는 위협이 출현하려 한다는 것을 느꼈다.

후길은 『모형 정원』에서 끌고 온 디아볼로스를 단순한 양동 병력이 아니라 주전력으로 쓰려는 의도를 숨기고 있었다.

"여러분, 주인님을 잘 부탁드리겠사와요."

그것을 확신했지만 요루카는 바로 도와주러 갈 수는 없었다.

지금은 그저 동료를 믿고 룩스를 맡길 때였다.

†

"작업을 계속하지, 아샤리아. ―《신식독소》."
리얼라이브

《우로보로스》의 특수 무장― 《인피니티》로 만들어낸 기룡의 이름은 《히드라》.

과거에 용병부대 『용비적』의 사단장 가투한이 사용했던 신장기룡으로, 그 신장의 능력은 각기 다른 것들을 『융합』하는 힘이다.

조금 전 아이리가 레이더로 탐지한 디아볼로스의 감소는 숫자를 잘못 센 게 아니었다.

디아볼로스끼리 합체시켜서 더욱 강력한 개체를 미리 만들고 있던 것이다.

그것을 베이스로 남아있는 모든 디아볼로스를 합체시켰다.

"기, 아아아아아아아아아아앗……!"

소름 끼치는 포효가 울려 퍼지는 중심에서 살과 피와 뼈와 신경과 뇌가 섞이고, 압축된다.

아샤리아가 연주한 뿔피리 소리를 따라 한 곳에 모여든 디아볼로스들이 융합한 결과, 한 마리의 초대형 환신수가 탄생했다.

그렇게 태어난 한 마리는 라그나뢰크와 동등한 힘을 가졌다.

다만 이것은 엘릭시르로 강화한 육체를 강제로 섞어서 만든 일시적인 존재이다.

따라서 근본부터 강력한 환신수로 설계된 라그나뢰크와 다르게 가동시간에 한계가 있다.

그런 존재가 뿔피리 소리를 따라 진군을 개시했다.

"─융합에 성공했습니다. 후길. 이제 예정대로 《우로보로스》와 함께 공격에 나서기만 하면 됩니다. 당신은 잠시 쉬시길. 초인적인 신체라지만 너무 무리했어요. 회복제를 투여하겠습니다."

"……조금, 달아올랐던 모양이군. 그 남자를…… 룩스를 보고 있으면 나도 모르게 무모한 짓을 하게 된단 말이지."

후길은 쓴웃음을 지으면서 떨리는 자신의 손목을 움켜쥐었다.

이 싸움에서, 후길은 룩스를 압도했다.

그러나 룩스는 결코 포기하지 않고 악착같이 물고 늘어졌다.

자신 혼자만이 아니라 동료를 위해서.

지키고 싶은 사람을 위해 사력을 다했다.

그 모습이— 어쩔 수 없이 과거의 자기 자신과 겹쳐 보여서 눈이 부셨다.

'과거라고? 내가 무슨 생각을 하는 거지. 나는 지금 내 사명을 다하려고 하고 있는데…….'

아샤리아와 후길이 꾸었던 천 년 전의 꿈은 지금도 여전히 계속되고 있다.

그런데 어째서 현재 룩스의 모습을 보고 그리움을 느낀 것인가—.

감회 따위는, 그날 이후로 아무리 오랜 시간이 흘러도 느껴 본 적이 없건만.

"해야 할 일은— 오직 하나. 내 목적인 영웅의 사명을 완수하는 거다."

이 영원히 이어지는 끝없는 길에 아샤리아와 후길이 바라는 풍경이 있고, 걸음을 멈추는 일이 있어서는 안 된다.

그러기 위해서는 장애물을 전부 쓰러뜨리며 나아가야 한다.

"진군해라, 아샤리아. 『대성역』을 되찾을 때가 왔다."

"알겠습니다, 마스터—."

《우로보로스》 내부로 들어간 후길이 머리 조종석에 앉은 자동인형에게 지시했다.

피리 소리와 함께 검붉은 거대 악마가 하늘을 가르며 적진으로 뛰어들었다.

†

"대체— 저게 뭐냐?! 이제까지 본 놈들과는 전혀 다른데?!"

한편 디아볼로스 무리가 물러난 틈에 태세를 정비하기 위해서 바쁘게 지시하던 리샤는, 북서쪽에서 다시 나타난 괴물 한 마리를 보고 떨리는 목소리로 소리쳤다.

멀리서 그 모습을 확인한 아이리도 서둘러서 모두에게 경계를 촉구했다.

갑자기 나타난 이형의 초대형 환신수가 무시무시한 속도로 접근하고 있었다.

"저게 뭔지는 모르겠지만— 위험해요. 저 환신수는 아마 라그나뢰크에 버금가게 강할 거예요!"

그 정도라면야— 라는 표현은 이상할지도 모르지만, 이곳에 남아 있는 사람들 모두가 힘을 합쳐 맞선다면 못이길 수준까지는 아니었다.

그런데 그 뒤에 있는 《우로보로스》도 맹렬한 속도로 진군하기 시작했다.

"저 환신수는 엘릭시르를 대량으로 투여해서 폭주시킨 디아볼로스의 융합체로 보여요. 아마 수명은 그리 길지 않을 테지만……"

레이더에 잡히던 환신수의 반응이 한 곳에 모였다는 점.

그리고 비슷한 환신수를 몇 번 상대해본 경험을 바탕으로 아이리는 그렇게 예측하고 정체를 맞혔다.

하지만 주력인 룩스, 세리스, 피르히, 요루카가 거점에 없는 이 상황에서 집중공격 당하는 것은 위험하다.

이쪽의 포진이 완벽하지 않은 이상 《우로보로스》를 포위해서 이동을 봉쇄하는 작전은 시도할 수 없다.

"우리의 작전을, 간파한 거야……?! 이대로는—."

《요르문간드》를 두른 아이리가 밀어닥치는 위협을 보고 불안감에 떨리는 목소리로 중얼거렸다.

『대성역』의 중추에서 인공지능 아샤리아를 통해 《우로보로스》의 기능에 대한 정보는 얻어냈다.

비록 명확한 약점은 없었으나 이를 토대로 룩스가 대책을 강구하고 요격 플랜을 준비했다. 그러나 라그나뢰크급 환신수가 상대라면 당연히 공략법도 전혀 달라진다.

뿐만 아니라 동시에 움직이기 시작한 《우로보로스》까지 상대하는 건 거의 불가능이나 다름없다.

"아이리? 뭐하고 있어요? 어서 출격 지시를 안 내리면 거점 바로 앞까지 오고 말 거예요."

호위로서 곁을 지키던 녹트가 아이리를 돌아보며 물었다.

이 전투의 전체적인 지휘는 리샤나 룩스가 아니라 아이리가 맡고 있었다.

리샤는 어디까지나 부대를 이끌 때의 지휘관 역할이었다.

하지만— 이 예상을 벗어난 전개 앞에서 아이리는 혼란에 빠지고 말았다.

그동안 서기관으로서 부대를 서포트해온 아이리는 룩스와 리샤가 얼마나 대단한지 새삼스레 실감할 수 있었다.

'오빠도, 리샤 님도, 다른 사람들도…… 지금까지 이토록 무거운 중압감을 버텨왔다는 건가요.'

그러나 지금은 감탄할 때가 아니었다.

이 자리의 책임자로서 설령 틀렸다고 해도 해답을 내놓아야 했다.

'그치만, 나도 아무 각오도 없이 여기에 남은 게 아냐!'

아이리가 스스로를 격려하며 지시를 내리려는 순간.

『—아이리, 들려? 오빠야……. 후길을 막지 못해서 미안해.』

『오빠! 괜찮으세요? 어라? 이 용성의 통신 패턴은, 세리스 선배의—.』

전송된 룩스의 목소리에 반응하면서 아이리는 어떤 상황인지 물어봤다.

후길과 교전한 후에 양쪽 모두 전투 불능 상태가 되어 후길은 일단 후퇴. 부상당한 세리스는 룩스의 체력을 최대한 온존하기 위해서 《린드부름》으로 그를 안고 아이리 일행이 있는 거점으로 가는 길이라는 정보를 입수했다.

『거대한 환신수가 출현한 건, 피이한테 연락 받아서 알고 있어. 남아있던 모든 디아볼로스를 모종의 수단으로 합체시킨 모양이야.』

『적이 이미 코앞까지 다가왔어요. 합성 디아볼로스가 앞이고, 그보다 조금 뒤에 《우로보로스》가……. 오빠, 어떻게 해야 할까요?!』

『우선 디아볼로스부터 쓰러뜨려야 해. 하지만— 우리가 그렇게 대응하는 것이야말로 후길과 아샤리아가 원하는 바야.』

《우로보로스》의 약점은— 사실상 없다고 봐야 마땅하다.

그래도 굳이 꼽는다면 거대한 병기를 상대하는 전법이 그나마 유효할지도 모른다.

거대한 신장기룡의 무지막지한 질량에서 비롯된 압도적인 파괴력, 방어력, 원거리 화력 등은 타의 추종을 불허하는 막강한 힘을 자랑한다.

—하지만 세상 만물의 장단점은 표리일체인 경우가 많다.

《우로보로스》는 너무나도 거대한 나머지 지척까지 접근한 상대에게 공격을 적중시키는 게 쉽지 않다.

그리고 장갑의 관절 부분도 그만큼 거대하므로 그 틈을 공격하면 압도적인 중량을 감당하지 못하게 된다.

그러한 약점을 보강하기 위해서 특수 무장 《윤회전생》과 《생사유전》이 존재한다. ^{인피니티} ^{제로 원}

후길이 다양한 신장기룡을 조종해서 지척까지 접근한 기룡을 요격하고 밀어내면 《우로보로스》로 추가타를 날린다.

접근하는 적 장갑기룡을 《생사유전》으로 지워버린다.

또는 《영겁회귀》로 세계법칙을 개변해서 대책을 봉인한다.

—이쯤 되면 약점이라고 하기에도 어폐가 있었다.

난공불락의 요새를 공략하려면 그 무기를 하나씩 빼앗을 필요가 있다.

《윤회전생》과 《생사유전》과 《영겁회귀》.
인피니티   제로 원   엔드리스

《우로보로스》를 포위하고 그 세 가지를 써야만 회피할 수 있는 상황에 몰아넣는 게 룩스가 노리는 바였다.

다른 기룡의 제어권을 빼앗는 신장—《금주부호》를 가진 《야토노카미》를 조종하는 요루카가 여기에 있다면 그 존재만으로도 적을 압박할 수 있을 테지만— 그녀는 양동작전에 걸려드는 바람에 합류하지 못했다.

그리고 상대는 《우로보로스》의 미미한 약점을 없애기 위해 합성 디아볼로스를 앞에 내세우고 연합군 거점을 박살내러 왔다.

『후길과 아샤리아의 목적은 디아볼로스로 우리의 주력을 상대하고 후방에서 《우로보로스》로 공격하는 거야.』

중거리를 유지한 채 전투를 벌인다면 《우로보로스》는 절대무적의 강력함을 자랑한다.

거대한 합성 디아볼로스의 수명이 몇 분밖에 안 된다고 해도 라그나뢰크급 적이 상대라면 연합군도 전력으로 맞서 싸울 수밖에 없다.

그 짧은 시간에 모든 것을 끝낼 작정인 거다.

후길이 잠시 전장에서 이탈해야 할 정도의 피해를 입은 것은 아마도 계산 밖의 일이었을 테지만, 그 점을 추가하더라도 상대가 압도적으로 유리하다는 사실은 바뀌지 않기 때문에— 룩스 일행은 진퇴양난에 빠졌다.

『그건 알고 있어요. 하지만…… 어떻게 해야 좋을지…….』

룩스가 지적하자 아이리는 고개를 푹 숙이며 대답했다.

자신들이 열세라는 걸 뻔히 알면서도 싸울 수밖에 없는 상황에 내몰리게 됐지만— 룩스가, 자신의 친오빠가 상담해준다는 사실이 자못 든든했다.

『딱 하나— 공략법이 있어. 내 지시에 믿어보지 않을래?』

『아……! 그렇게, 할게요.』

상담 끝에 룩스는 재빨리 대항책을 생각해냈다.

그리고 아이리는 오빠의 지시를 연합군 전체에 전달했다.

†

"—예정이 조금 틀어지긴 했지만, 이걸로 끝나겠군요. 저 디아볼로스를 쓰러뜨려야만 하는 이상, 그들은 이제 막다른 곳에 몰린 거나 다름없으니까요."

《우로보로스》의 거대한 머리. 조종석에 앉은 자동인형 아샤리아가 수백 메르 너머의 광경을 바라보며 중얼거렸다.

룩스, 세리스, 피르히, 요루카는 후길의 책략에 걸려들어서 그곳에 없었다.

『기사단』의 주력이 전부 집결하려면 몇 분은 더 걸릴 터다.

그리고 연합군은 아샤리아와 후길의 총공격을 버티지 못하고 그 몇 분 안에 괴멸할 것이다.

사실상 승패가 결정 난 거나 다름없다고 생각했지만―.

『방심은 금물이다, 아샤리아.』

《우로보로스》내부에서 치료를 받고 있는 후길이 통신으로 지적했다.

비록 만들어진 자아였으나 아샤리아는 그 이름으로 불릴 때마다 복잡한 감정을 느꼈다.

『아까 맞붙어보고 느꼈지만 룩스는 상상 이상으로 높은 경지에 도달했다고. 만약 너석이 농료들에게 새로운 지시를 내렸다면 얕볼 수 없어.』

『그런가요? 하지만 저들이 이 상황에서 뭘 더 할 수 있을 것 같진 않습니다만―.』

『그렇지. 그러니 솜씨를 한번 확인해보자고. 이제 이 싸움에서는 더 이상 책략이 필요 없다.』

『알겠습니다. 그럼…….』

후길과의 교신을 끊고 아샤리아는 눈앞의 전투에 집중했다.

자신은 자동인형. 아샤리아의 이름을 빌려 쓰는 다른 사람…… 아니, 사람조차 아니다.

하지만 주인인 후길에게 품고 있는 이 감정은 대체 무엇일까.

'그가 바라는 걸― 이뤄주고 싶어. 영웅으로서 짊어진 사명에 괴로워하면서도 내팽개치지 않고 맞서 싸우는 그를 지탱해

주고 싶어. 도구로서, 당연한 의무이니까.'

그러므로 일말의 자비심도 없이 기계로서의 힘을 연합군을 향해 퍼부을 것이다.

보유하고 있는 전력을 총동원하여 필살의 공세에 나섰다.

"—그, 오오오오오오오오오오오오오오오!"

공기를 찌르르 뒤흔드는 포효가 아이리 일행이 포진한 신전 터까지 울려 퍼졌다.

엘릭시르로 강화한 디아볼로스를 스무 마리 가까이 융합해서 만들어낸 초거대 디아볼로스가 두 날개를 퍼덕이며 일직선으로 육박했다.

그 표적은 《요르문간드》를 장착한 아이리.

융합한 결과 하나하나가 통나무만큼 거대해진 손톱을 높이 쳐들고 조준을 고정한 채로 쇄도—.

"—《공정요새_{레기온}》!"

리샤가 사출한 《티아마트》의 특수 무장. 화살촉 형태 투척 병기가 디아볼로스의 눈앞을 스쳐 지나갔다.

하지만 즉시 손톱을 휘둘러서 《레기온》 하나를 박살냈다.

"아니?!"

리샤는 그 반응 속도와 위력에 경악하며 눈을 부릅떴다.

역시나 신체능력은 라그나뢰크급이었고, 그나마 특수 능력이 없다는 것이 유일한 위안이었다.

견제 공격은 실패했지만 그 사이에 신장기룡 《쿠엘레브레》를 두른 그라이퍼가 디아볼로스와 간격을 좁히며 《용미연검》^{테일 블레이드}으로 베었다.

거대한 디아볼로스는 팔로 방어했지만 채찍 같은 독특한 궤도로 움직이는 칼날이 가슴에 박혔다.

"생각이 짧다고. 지능이 저하된 환신수 따위로 우릴 죽이려고 하다…… 헉?!"

하지만 그 직후에 그라이퍼가 자신의 두 눈을 의심했다.

충분한 에너지를 담아 디아볼로스의 흉부를 꿰뚫었지만 끄떡도 하지 않았다.

그리고 디아볼로스가 입에서 토해낸 작열하는 불길이 그라이퍼와 장갑을 삼켰다.

그 온도와 범위는 일반적인 디아볼로스의 약 십여 배.

맨몸에 맞는다면 순식간에 숯덩이로 변할 정도의 위력이었지만 그라이퍼는 이미 대응책을 쓴 뒤였다.

"—《광자잠행》^{포톤 다이브}!"

무적화 신장을 발동하여 모든 공격 에너지를 반사.

되돌아온 불꽃의 여파를 뒤집어쓴 디아볼로스의 표피가 살짝 녹았다.

그럼에도— 엘릭시르의 영향으로 폭주한 디아볼로스는 공격을 멈추지 않았다.

"—갸아, 그워오오오오오오오오오!"

무적화 신장으로 방어를 굳힌 《쿠엘레브레》의 장갑을 두 팔로 단단히 붙잡고 죽음의 숨결을 계속해서 토해냈다.

자신의 신체가 불타는 것도 개의치 않으며 그 움직임을 봉인했다.

"하, 눈에 뵈는 게 없는 놈을 상대하려니 골때리는군. 나랑 같이 죽어도 상관없다는 거냐?"

엘릭시르의 영향으로 이미 지능조차 녹아내렸으리라.

남아있는 것은 표적을 파괴하려는 살육 본능뿐.

무적화 신장이 풀릴 때까지 놓지 않을 작정이다.

"리샤 님! 그라이퍼 씨를 지원해주세요!"

"무리다. 이 각도에서는 《세븐스 헤즈》를 쏴도 《광자잠행》에 튕겨 나가!"

디아볼로스가 그라이퍼와 완전히 밀착한 이상 《천성》을 써도 디아볼로스만 떼어내는 건 불가능했다.

중력구 포격으로 쓰러뜨리는 수도 있지만, 그렇게 되면 《광자잠행》이 끝난 순간 그라이퍼가 죽는다.

지상에서 캐논을 겨냥하고 있는 로자의 《고리니시체》는 합성 디아볼로스를 상대하기에는 화력이 부족해서 쓰러뜨릴 수 없을 것이다.

그렇다고 에이릴을 투입하자니 그녀는 중추와 계약할 때 체력을 대폭 소모해서 움직일 수 없는 상태였다.

이곳에 그라이퍼를 궁지에서 구해줄 수 있는 사람은 없었다.

신장의 지속 시간을 생각하면 《광자잠행》은 앞으로 몇 초 안에 끝날 것이다.

'一쯧, 슬슬 각오를 해야 할 때인가? 이까짓 괴물한테 당할 줄은 몰랐는데.'

그라이퍼는 미동조차 할 수 없는 이 상황을 타개할 방법이 전혀 없다는 걸 알면서도 머릿속은 냉정했다.

애초에 제아무리 뛰어난 기룡사라고 해도 전장에서 살아가다 보면 언젠가는 죽음과 맞닥뜨리기 마련이다.

그런 일을 겪지 않는 상황은 싸움이라고 부르기에도 민망할 만큼 압도적인 우위에 있을 때뿐이며, 그라이퍼는 그런 싸움을 좋아하지 않았다.

一그래서 자신의 죽음을 납득할 수 있었다.

그러나 만족한 것은 아니었다. 아직 사력을 다하지도 않았다.

적어도 이 합성 디아볼로스의 숨통을 끊는 모습 정도는 보여준 뒤에 죽고 싶었다.

'어째서, 그런 생각이 드는 거지? 누군가를 위해서, 같은 소리를 할 성격도 아닌데 말이야.'

그라이퍼는 속으로 자조했다.

빈민가에 떨어진 어린 그라이퍼는 자기 자신의 긍지를 따라서 살아왔다.

우연히 반하임 공국 공녀의 눈에 들어서 거둬졌지만, 그것으로 운명이 극적으로 바뀌었다고 생각진 않았다.

단지 한 마리 고독한 늑대 같은 삶을 관철할 수 있다면 더 바랄 게 없었다.

각오를 다지고 눈을 감았던 그라이퍼는 다시 눈을 부릅뜨고 힘을 담아 기룡을 조작했다.

'—이유가 뭘까. 녀석들과 함께 있으면 기분이 썩 나쁘진 않아. 무언가를 위해 싸운다는 것도 말이지.'

《테일 블레이드》로 디아볼로스의 안면을 강타해서 조금이라도 적의 주의를 흩트려보려고 했다.

그러나 디아볼로스는 미동조차 하지 않고 계속해서 불꽃을 토해냈다.

이제 잠시 후면 무적화가 해제된다.

'그래— 난 마음에 안 들어. 그 후길이라는 자식이, 우리를 멋대로 평가하는 게.'

그때 합성 디아볼로스의 머리가 흔들리더니 일부가 얼어붙었다.

갑작스러운 충격에 디아볼로스는 화염 분출을 중단하고 머리만 움직여서 뒤를 돌아봤다.

"그라이퍼! 도망쳐!"

《파프니르》를 두른 크루루시퍼가 서쪽 하늘에 나타나 소리쳤다.

조금 전까지는 아이리의 지시대로 《우로보로스》를 견제하고 있었지만, 그라이퍼가 궁지에 처한 것을 알아차리고 도와주기 위해 움직인 것이다.

"저 멍청이가……! 뭐 하러 튀어나온 거야!"

합성 디아볼로스 주위— 다시 말해 《우로보로스》의 공격이 닿는 범위 안이라는 뜻이다.

《광자잠행》이 해제된 그라이퍼가 즉사하는 결과는 피했지만, 그 대신 크루루시퍼가 《우로보로스》에게 포착됐다.

"크루루시퍼. 『열쇠 관리자』인 당신을 죽여야 한다니 자동인형으로서 참으로 가슴이 아픕니다만, 이것도 어쩔 수 없는 일이겠죠. 각오하시길."

자동인형 아샤리아의 말이 끝나자마자 대기를 터뜨리는 소리와 함께 《우로보로스》의 거대한 블레이드가 쇄도했다.

《재화의 예지》로 공격을 예지했다고 해도 피할 수 없는 간격과 타이밍.

절호의 기회임을 확신했기 때문에 아샤리아도 반사적으로 공격을 시도했지만—.

"무턱대고 달려드는 거나 할 줄 아는 너한테 지적받을 정도로 냉정함을 잃진 않았으니까 걱정 마."

크루루시퍼는 비꼼 섞인 미소를 머금고 《파프니르》와 함께 옆으로 슬라이딩하며 《우로보로스》가 휘두른 거대한 블레이드를 간발의 차이로 회피했다.

"헉……?!"

『걸려든 건 우리 쪽이었나 보군, 아샤리아.』

치료받는 중이던 후길이 당황한 아샤리아에게 말했다.

《파프니르》의 성능을 완벽하게 파악하고 있는 아샤리아가 행한 피할 수 없는 공격을 어떻게 회피했는가.

그것은 다른 힘이 크루루시퍼를 조작했기 때문이 틀림없다.

"소피스가 조종하는 《브리트라》의 신장 《바람의 위광》의 보조를 처음부터 계산에 넣고—."

투콰아아아앙!

그 직후, 철탑 같은 블레이드의 일격이 주위에 어마어마한
충격을 선사했다.

그러나 《우로보로스》는 첫 일격의 실패를 인지한 순간 다
음 공격을 준비하고 있었다.

—콰아앙!

《우로보로스》의 복부에서 뻗어 나온 주포에서 극대 레이저
가 방출됐다.

목표는 아직 5백 메르 정도 떨어져 있는 신전터의 《요르문
간드》— 즉, 아이리다.

"리샤 님!"

"알고 있다! 《세븐스 헤즈》!"

리샤도 아이리의 지시를 받아 주포로 맞받아쳤다.

두 개의 강력한 에너지가 격돌한 중앙에서 대폭발이 일어
나며 검은 연기가 자욱하게 피어올랐다.

시야를 까맣게 뒤덮은 탓에 양쪽 다 육안으로는 상황을 파
악할 수 없었지만, 특장형 기룡의 기능도 갖춘 《우로보로스》
는 레이더로 위치를 포착할 수 있었다.

합성 디아볼로스도 아직 건재했지만, 오감으로 사냥감을
탐지하는 타입인 까닭에 그쪽은 움직일 수 없었다.

아샤리아는 리샤를 비롯한 연합군의 대응에 감탄을 금할
수 없었다.

배후에서는 피르히의 《티폰》이 육박하고 있다.

그들은 그라이퍼를 궁지에서 구출하는 동시에 《우로보로스》를 포위하는 진형을 구축하고 있었다.

검은 연기가 걷힐 때까지 앞으로 몇 초.

그때까지 《우로보로스》를 포위하는 진형을 완성하고 디아볼로스를 격퇴할 수 있다면.

자동인형은 리샤 일행이 그런 꿍꿍이로 움직이고 있는 것이라고 판단했다.

"어설프군요. 그런 잔꾀가 통할 것이라 생각했나요."

아샤리아는 혼자 중얼거린 후 뿔피리를 꺼내 입에 댔다.

그리고 《우로보로스》의 확싱 기능으로 거대 디아볼로스에게 새로운 명령을 내렸다.

—위이이이이이이이잉!

자욱한 검은 연기에 숨어서 연합군이 《우로보로스》를 포위하려 들 것이라고 예측한 아샤리아는 정면 돌파를 노렸다.

설치형 신장기룡 《요르문간드》를 조종 중인 아이리는 이동에 제약이 있을 뿐만 아니라, 지휘 중추인 그녀를 처리하면 연합군은 통제를 잃게 된다.

'그렇게 된다면— 그들에게는 더 이상 승산이 없죠.'

《우로보로스》는 복부의 주포에 다시 에너지를 충전하면서 검은 연기 속에서 거대 블레이드를 번쩍 들었다.

동시에 다리에도 에너지를 모으고 장갑 다리 뒤쪽의 장치를 사용해서 후방으로 도약했다.

"—?!"

한순간에 검은 연기가 깔린 지점에서 뒤쪽으로 수백 메르나 후퇴했다.

그 이유는 포위에서 벗어나기 위해서가 아니라 아샤리아가 지금 막 디아볼로스에게 내린 명령에 있었다.

자폭 명령—.

수명이 얼마 안 남은 디아볼로스가 죽을 때 자폭시켜 적 진영을 괴멸시키는 작전.

디아볼로스를 합성해서 강화했을 때부터 자폭시킬 타이밍을 타이밍을 노리고 있던 것이다.

"그녀들의 방어력으로는 이걸 막을 방법이 없습니다. 끝났군요."

『—아니, 그렇지 않아.』

아샤리아가 자신의 예측을 중얼거리자 치료 중인 후길의 목소리가 부정했다.

『연막에 숨어서 계책을 세운 건 적도 마찬가지인 모양이군.』

"윽……!"

아샤리아는 당황하면서도 예정한 행동을 개시했다.

등 뒤로 블레이드를 들고 자세를 잡은 채 복부의 주포를 발사.

합성 디아볼로스의 자폭과 시너지를 일으켜서 신전터의 지표는 초토화……됐어야 하지만—.

"폭발이— 예상보다 훨씬 약해……?"

검은 연기가 걷힌 순간 아샤리아는 이변을 깨달았다.

거기에는 멀쩡한 연합군이 포진하고 있을 뿐이었다.

"《바람의 위광》— 당신이 낸 음파의 방향을 틀어서 디아볼로스가 듣지 못하게 했어."

《브리트라》를 두른 소피스가 트릭을 밝혔다.

아샤리아는 잠시 현재 상황을 이해하기 위해서 사고 영역을 할애했지만, 신속한 반격으로 가장 유효한 수단을 선택했다.

비록 디아볼로스의 자폭은 차단당했지만 《우로보로스》의 공격은 다른 기룡들과는 차원이 다른 파워를 자랑한다.

따라서 이번에는 전방으로 파고들어가 아이리를 가로로 베려는 찰나, 두 장갑 다리의 위화감을 알아차렸다.

"유감스럽게도— 넌 이미 포위당했어. 룩스 군의 책략에 제대로 걸려들었지."

눈앞의 공중에 떠 있는 것은 『완전결합』으로 《파프니르》와 부분적으로 동화한 크루루시퍼.

《우로보로스》의 오른쪽 장갑 다리에는 《티폰》의 《용교박쇄》가 얽혀 있었으며, 왼쪽 장갑 다리에는 합신형태로 변신한 로자의 《고리니시체》가 달라붙어서 움직임을 막고 있었다.

그 자리에 있는 모든 이들이 자신이 낼 수 있는 최대의 전력을 쥐어짜서 《우로보로스》를 봉쇄하고 있었다.

"아까 그 연막이 신호였던 건가요? 제 공격을 유도해서, 이렇게 포위하기 위한—"

아샤리아의 추측은 정확했다.

리샤 일행은 비록 휴식을 취하긴 했어도 거듭된 격전 탓에 만신창이 상태다.

풀파워로 싸울 수 있는 시간은 길게 잡아도 5분이 채 안 되리라.

때문에 이 상황에 모든 걸 건 것이다.

《우로보로스》의 신장과 특수 무장은 분명 초월적으로 강력하지만 우위를 점한 상황에서는 굳이 쓰려 하지 않았다.

불리한 상황을 뒤집기 위한 전력을 남겨두는 게 정석이나, 거기에는 약점이 있었다.

너무나도 강력한 카드를 가진 사람은 쓸데없이 낭비하는 것을 우려해서 소극적으로 행동하게 된다.

따라서 디아볼로스가 전위에 있고, 상대의 동향을 살피는 상황에서는 사용하지 않았다.

하지만 순식간에 수세로 뒤바뀌게 된 지금, 아샤리아는 대응할 수 없었다.

『《우로보로스》가 모든 기능을 순서대로 쓴다면 우리가 한꺼번에 달려들더라도 도저히 상대가 안 될 거야.』

룩스가 아이리에게 그렇게 말하며 전달한 작전이란, 상대에게 자신이 우세한 상황이라고 인식하게 한 다음 그것을 순식간에 뒤집어서 포위하는 것.

작전행동 패턴의 골자만을 짠 다음 표적에 접근. 부족한 부분은 임기응변으로 대응하는 것이었다.

그 전제조건은 후길에게 피해를 입혀서 행동불능으로 만드는 것이었고— 룩스는 만신창이가 되면서 어렵사리 그 조건을 달성했다.

『—여러분! 이 공격에 모든 걸 걸어주세요! 오빠가 만들어준, 이 기회를 놓쳐서는 안 돼요!』

『—라저.』『라저!』『라저!』『라저.』『라저…….』『라저.』

아이리의 용성에 기룡사 몇 명의 목소리가 포개진다.

원래는 적이었던 사람들. 지금까지 접점이 없었던 사람들.

그 모든 이들을, 치열한 싸움 끝에 룩스가 이어주었다.

아이리로서는 룩스에게 왕의 자격이 정말로 있는지 없는지 알 수 없었다. 그래도—.

'누가 뭐라고 해도 지에게는 엉웅이에요. 병약했던 절 구해주고, 모두가 행복하게 살 수 있는 미래로 이어준 오빠는—.'

서기관으로서 철저하게 후방만을 지원해왔던 아이리가 용기를 쥐어짤 수 있는 것도 룩스 덕분이었다.

그녀를 호위해주는 트라이어드 덕분이었다.

무모한 싸움이라고……후길이라는 너무나도 강대한 적 앞에서 누구나 그런 생각에 사로잡혔다.

그러나 온갖 고난을 타파하고 기적을 일으켜온 룩스라면 믿을 수 있었다.

그 의지를 구현하려는 것처럼 장갑기룡이 하늘을 날았다.

"—《드레이크 혼》&《천성》!"
^{스프레서}

검은 연기가 자욱하게 끼었던 몇 초 전에 리샤가 불러낸 것은 장갑기룡을 분해해서 만든 추가 장갑을 장착하는『초월장갑』.

《드레이크 혼》은 특장형 기룡의 기능을 가진 동시에 신장의 출력을 강화해준다.

공간을 왜곡시킬 정도의 막강한 중력을 가해서 우선 거대 디아볼로스를 대지에 못박았다.

"—《재화의 예지 · 형안》!"

그것을 본 크루루시퍼는 《우로보로스》 앞으로 활공하며 《동식투사》로 저격했다.

거대한 장갑 프레임의 관절부를 노리는 연속 사격.

동결탄 중 첫발은 아샤리아가 탑승한 머리 조종석을 덮은 강화 유리에 명중했다.

시야를 일부 빼앗긴 아샤리아는 조바심이 일었다.

'이쪽 시야를 차단했어?! 레이더로 위치 관계는 대강 파악할 수 있지만 세세한 움직임을 탐지할 수 없게 돼! 하지만—.'

특수 무장 《제로 원》을 사용하면 이 동결도 순식간에 해제할 수 있다.

하지만 강력한 특수 무장 중 하나를 이런 일에 쓸 수 없다는 합리적인 사고가 제동을 걸었다.

그렇다면—《우로보로스》의 압도적인 질량으로 철탑처럼 거대한 블레이드를 가로로 휘둘러서 눈에 들어오지 않는 광범위를 전부 공격하면 된다.

그 직전에 《쿠엘레브레》를 두른 그라이퍼가 튀어나오며 참격 궤도상에 뛰어들었다.

"—?!"

무적화 신장 《광자잠행》이라면 제아무리 강력한 공격도 튕겨낼 수 있다.

물론 자동인형 아샤리아는 그라이퍼가 눈앞에 바로 나타날 수 없는 타이밍에 공격할 생각이었지만—.

"내 신장기룡을 너무 얕보면 곤란한 걸. 뭐, 수수한 능력이라 알아차리기 쉽지 않기는 한데 말이지."

"윽……! 그런 거였나요!"

그라이퍼의 당당한 목소리를 듣고 아샤리아는 자신의 행동이 읽혔음을 알아차렸다.

금속 입자를 흩뿌리는 《은신처의 진명》을 쓰면 레이더에 포착되는 것을 피할 수 있다.

하지만 이는 크루루시퍼가 《우로보로스》의 시야를 빼앗았다는 사실을 파악해야만 시도할 수 있는 전술이다.

지휘 중추인 아이리가 용성으로 전황을 모두에게 전파하고, 모두가 그녀를 신뢰한 결과라고 할 수 있었다.

"—하지만!"

아샤리아의 다음 공격은 《우로보로스》의 복부에 설치된 주포.

거대한 포신이 진동하며 《세븐스 헤즈》와 동등한 파괴력을 가진 에너지의 화살을 방출했다.

방어의 중핵인 그라이퍼는 이미 신장을 사용했다. 리샤도 디아볼로스를 구속하느라 다른 행동은 할 수 없다.

다른 신장기룡도 《우로보로스》 본체를 포위하고 있기 때문에 포격을 막을 수 없다.

"이건 막을 수 있겠습니까? 이 시련을, 여러분이!"

이대로 연합군 거점을, 《요르문간드》를 두른 아이리와 그 일행이 있는 신전터를, 그리고 리샤가 일렬로 늘어서는 지점을 꿰뚫는다.

하지만―.

"뭐지?!"

덜커덩― 《우로보로스》가 포격 자세가 살짝 무너졌다.

《티폰》과 《고리니시체》가 각자 다른 방향으로 《우로보로스》의 거대한 장갑 다리를 잡아당겨 주포 각도를 틀어지게 한 것이다.

이 작전 자체는 연합군의 계산대로였지만, 지면에 눈이 쌓인 지형 탓에 결과가 살짝 달라졌다.

《티폰》과 《고리니시체》는 육전형 신장기룡인 까닭에 무언가를 잡아당길 때는 마찰력에 따라 견인하는 힘이 달라진다.

쉽게 말해 지면에 눈이 쌓인 상황에서는 압도적인 질량을 자랑하는 《우로보로스》를 억지로 이동시키기에 부적합하다.

"―《바람의 위광》!"

견인력이 부족하다고 판단한 소피스가 《브리트라》의 신장으로 《우로보로스》의 포격 궤도를 더욱 비틀려고 했다.

그것 또한 주포의 에너지가 압도적인 탓에 쉬운 일이 아니었다.

『—여러분, 버텨주세요! 포격이 옵니다!』

아슬아슬하게 직격을 피하긴 했지만 거점 근처를 스쳤다.

"크, 악!"

"으으윽……!"

장갑 표면이 깎여 나갈 정도로 압도적인 에너지의 여파.

리샤와 《티아마트》는 후방으로 날아갔고, 아이리를 지키던 트라이어드도 뿔뿔이 흩어졌다.

그래도— 아이리가 두른 《요르문간드》는 가까스로 해제되지 않았다.

"아이리, 조심하세요……! 조금 전까지 리샤 님이 붙잡고 있던 디아볼로스가 움직일 거예요!"

"알고, 있어요!"

충격이 여파로 지면에 나동그라진 녹트가 엎드린 채 필사적으로 소리쳤다.

리샤가 나가떨어진 탓에 《천성》으로 움직임을 막고 있던 합성 디아볼로스가 자유롭게 움직일 수 있게 될 터이기 때문이었다.

눈이 쌓인 탓에 미끄러지기 쉬운 지형이 빚어낸 우연한 불행이었지만, 고작 그것 하나 때문에 절망적인 궁지에 내몰리게 됐다.

언뜻 보기에 아이리 일행은 우위를 유지하며 싸운 것 같았지만, 사실 여유는 전혀 없었다.

오히려 연전을 치른 탓에 여력이 안 남은 그녀들은 이 기회에 《우로보로스》를 격파하지 못한다면 패배는 확정이다.

『이쪽은 어떻게든 버텨볼게요! 여러분은 《우로보로스》의 파괴를—.』

부활한 합성 디아볼로스를 홀로 상대하면 분 단위도 버티기 어렵다는 것은 잘 알았지만, 아이리는 용기를 쥐어짜서 그렇게 외쳤다.

그 말을 용성으로 들은 멤버들도 각오를 다졌다.

"다들 가자! 집중 공격을—!"

크루루시퍼가 숨을 크게 들이마시고 아이리를 대신해 지시했다.

『—라저.』

목적은 《우로보로스》의 동력인 세 개의 환창기핵 중 하나가 탑재된 지점— 복부를 집중공격 하는 것이다. 다른 두 개는 머리와 어깨에 있지만, 복부가 가장 공격하기 쉬운 표적이었다.

룩스가 인공지능 아샤리아에게 들은 정보에 의하면 주포가 장착된 부분 바로 위에 있다.

당연하게도 그 부위는 견고한 장벽과 장갑으로 뒤덮여 있기 때문에 어중간한 공격은 통하지 않는다.

주포를 쏜 직후에는 에너지 소모로 인해 장벽도 얇아지지만, 그렇다고 해도 평범한 화력으로 돌파할 수 있는 방어력은 아니다.

싱글렌은 《우로보로스》의 가동 프레임 관절부에 물을 주입하고 얼려서 부피를 팽창시키는 방법으로 내부에서부터 파괴하고 행동불능으로 만들어서 시간을 벌었다.

리샤 일행은 다른 방식으로 대처했다.

로자의 《고리시니체》가 거대한 주포의 외각을 노리고 장갑 팔의 손톱을 세웠다.

―까가가가가각!

귀에 거슬리는 불협화음과 함께 장벽을 찢고 장갑 표면을 쥐어뜯었다.

"그 정도는― 간지러운 수준입니다!"

《쿠엘레브레》가 거대한 블레이드를 튕겨낸 탓에 《우로보로스》는 오른팔은 빠르게 되돌릴 수 없었지만, 로자가 있는 위치는 복부에서 약간 왼쪽으로 치우친 곳이었다.

따라서 거대한 왼쪽 장갑 팔의 주먹으로 짓뭉개려고 했다.

하지만 그 움직임은 크게 빗나가며 자신의 복부를 강타했다.

"아차―?!"

아샤리아는 조작 미스라고 생각했지만 그렇지 않았다.

가장 경계해야하는 상대가― 어느새 지척까지 와 있었다.

『요루카 씨!』

아이리가 그 존재를 확인하고 자기도 모르게 소리쳤다.

요루카와 《야토노카미》가 거대한 《우로보로스》의 왼쪽 장갑 팔 위에 서 있었다.

은폐 기능으로 몸을 숨기고 귀환해서 남몰래 《우로보로스》

에 접근.

그리고 《금주부호》를 써서 《우로보로스》의 왼팔을 조종했다.

"역시 이렇게까지 커다란 기룡을 대상으로 하면 완전히 제어하는 것은 어렵군요. 하지만—."

"그래, 맡겨두라고—! 아무튼 목표는 박살낼 수 있으니까—!"

데빌 마키아 모드의 《고리시니체》를 두른 로자가 장갑기룡 십여 기 몫의 파워로 《우로보로스》의 복부 외각을 힘으로 뜯어냈다.

그리고 그때만을 기다렸다는 듯 《파일 앵커》가 박히더니 피르히가 와이어를 되감으며 높이 뛰어올랐다.

《티폰》의 왼손에는 이미 그녀에게 남은 모든 에너지가 담겨 있었다.

"《용교폭화》^{바이팅 플레어}?! 위험합니다. 지금 환창기핵^{포스 코어}에 저 일격을 허용하면— 《생사유전》^{제로 원}!"

아샤리아는 다가오는 피르히를 대상으로 《제로 원》을 발동.

피르히를 일시적으로 《우로보로스》 내부로 전송— 즉 눈앞에서 치워버렸다.

이로써 당면한 위기는 회피했지만— 잠시도 가만히 있을 수는 없었다.

요루카의 《금주부호》가 《우로보로스》를 조작해서 강제적으로 피르히를 풀어줄 가능성이 있기 때문이다.

"하지만 이번만, 이 상황만 극복한다면—."

순간적으로 막강한 파괴력을 집중하지 못한다면 《우로보로스》의 환창기핵을 정지시키는 것은 불가능하다.

그렇게 생각한 아샤리아가 속마음을 입밖으로 꺼낸 찰나—

눈부신 빛기둥이 날아들었다.

"헉—?!"

저 멀리 있던 《티아마트》가 장갑 표면이 부서진 《우로보로스》의 복부를 노리고 쏘아낸 《세븐스 헤즈》의 포격이었다.

아샤리아는 조금 전 《우로보로스》의 포격 여파로 나가떨어진 리샤가 벌써 태세를 재정비했다는 사실에 놀라며 눈을 부릅떴다.

《티아마트》의 《천성》이 중단되고 자유를 되찾은 합성 디아볼로스에게 방해를 받아 그런 짓은 불가능할 텐데.

"우리의 힘을 얕보면 곤란해. 다들 자기가 할 수 있는 걸 하고 있으니까."

"……."

크루루시퍼의 한마디는 경악해서 굳어버린 아샤리아의 귀에 닿지 않았다.

어느새 합성 디아볼로스는 눈 위에 엎어진 채 온몸이 얼음에 갇혀 있었다.

조금 전까지 합성 디아볼로스는 강력한 중력에 짓눌려서 눈에 파묻혀 있었다.

《천성》이 해제된 순간, 그 상황을 이용해서 메르가 《드래이그 귀버》의 온도 조작 신장으로 즉시 통째로 얼려버렸다.

한편 아르마는 장갑과 함께 밀려나던 리샤의 몸을 붙잡았고, 덕분에 빠르게 태세를 재정비한 리샤는 지체없이 《우로보로스》를 향해 《세븐스 헤즈》를 발사했다.

의도한 연계도 있고, 상황에 따라 즉흥적으로 대응한 것도 있었다.

다만 그들 모두가 오직 단 하나의 목표를 위해 행동하고 있다는 것만은 동일했다.

'막을 수 없어……. 내 힘으로는 더 이상—《우로보로스》를 지킬 수 없어!'

『칠용기성』 모두와 싸웠을 때보다 그들의 결속력은 더욱 튼튼해졌고, 더욱 강해졌다.

대응이 불가능한 상황에 빠진 자동인형 아샤리아의 사고가 정지하려는 찰나— **그 자리에 있는 모든 이의 머릿속에 목소**리가 들렸다.

【—기룡의 공격과 능력이 생명이 없는 물질에 가하는 영향은 무효가 된다.】

룩스의 의지 아래에 모인 모두가 총력을 기울여 시도한 일격은, 결실을 맺기 직전에 사라졌다.

†

눈보라가 더욱 거세게 몰아치는 『고대의 숲』의 하늘.

룩스를 품에 안은 세리스가 천천히 《린드부름》으로 날아가는 도중에 멀리 보이는 《우로보로스》를 중심으로 연한 빛의 영역이 확대되며 주위를 집어삼켰다.

《우로보로스》의 신장— 그것은 본체를 중심으로 반경 몇 키르 내의 법칙을 고쳐 쓰는 차원이 다른 능력이다.

그리고 그 내용은 지금 막 룩스와 세리스의 머릿속에도 전해졌다.

"룩스, 방금 그건……. 《영겁회귀》로 수정한 법칙의 의미는—."

"네. 분명 아이리와 리샤 님이 후길과 아샤리아를 몰아붙였을 거예요."

세계의 법칙 자체를 개변하는 《영겁회귀》는 막대한 에너지를 소비한다.

인공지능 아샤리아에게 들은 정보에 의하면 하루 최대 대여섯 번 발동하는 것이 한계라고 한다.

다만 그것은 완벽한 상태일 때 기준이고, 현재 에너지로는 최대 세 번 사용하는 것이 한계일 그 힘의 첫 번째를, 지금 사용한 것이다.

그렇다면 다른 특수 무장만으로는 버틸 수 없었거나, 혹은 연합군을 확실하게 쓰러뜨릴 수 있다고 판단해서 승부수를 띄웠을 가능성이 높다.

어쨌거나 이번 법칙 개변으로 전황이 크게 기울어졌을 터다.

"몸은 좀 어떤가요? 다시 신장기룡을 두를 수 있을 만큼 회복됐다면— 서두르겠습니다!"

세리스의 목소리가 긴장으로 떨리고 있었다.

룩스의 체력이 완전히 회복된 것은 아니다.

후길과 싸우며 받은 대미지도 여전히 남아 있다.

그저 간신히 싸울 수 있을 정도로 몸이 움직이는 것뿐이다.

그건 세리스도 마찬가지 이리라.

그렇기에 이렇게 물어본 것이다.

서로 남은 힘을 모조리 끌어내도 풀파워로 싸울 수 있는 것은 앞으로 몇 분이 한계일 터다.

리샤 일행이 궁지에 몰렸다고 해도 그녀들을 지키기 위해 쓸 힘조차 남아 있지 않았다.

공격하지 않으면, 이 기회에 후길과 《우로보로스》를 쓰러뜨리지 못하면 두 번 다시 이길 수 없다.

그 각오와 준비가 되어 있지 않으면 가 봤자 아무것도 못해 보고 당할 뿐이라는 걸 세리스는 알고 있었다.

"—가요. 세리스 선배."

"네."

룩스는 한 차례 심호흡을 하고 다시 기공각검을 쥐었다.

어째서일까.

이 거리, 이 눈보라 때문에 후길의 모습은 전혀 보이지도 않건만—

'후길이, 형님이— 내가 오기를 기다리고 있어.'

룩스의 가슴 속에는 확신이 있었다.

다음 격돌로 모든 게 결정될 것이라는—.

†

"드디어 녀석이, 눈을 뜬 겐가—."

마기알카가 신전터 기둥 뒤— 롤로트가 두른 《드레이크》의 그늘에 숨은 채 이마에서 땀을 흘렸다.

연합군의 거점인 신전터.

그 머리 위에 칠흑의 신장기룡이 떠 있었다.

룩스와 격돌한 후 《우로보로스》 내부에서 치료를 받고 있던 후길이 다시 《바하무트》를 두르고 전장에 나섰다.

동시에 《우로보로스》의 신장을 기동해서 전황이 순식간에 뒤집혔다.

"우리의 공격이, 무효화됐다고……?!"

신전터에서 살짝 동쪽으로 치우친 상공에서 리샤가 경악했다.

지금 막 발사한 《세븐스 헤즈》의 포격은 틀림없이 《우로보로스》의 중파된 복부에 명중했다.

그러나 그 공격에 의한 대미지, 파괴의 흔적은 전혀 없었다.

환창기핵을 파괴할 예정이었던 그 일격은 완벽하게 명중했음에도 불구하고 《우로보로스》에게 아무런 영향도 주지 못했다.

"언니, 방금 그건— 《우로보로스》의 법칙 개변이……."

《엑스 와이번》을 두르고 리샤 옆에서 체공 중이던 아르마가 떨리는 목소리로 말했다.

연합군에게는 절호의 기회. 적에게는 절체절명 궁지 상황을 뒤집은 것은 아샤리아가 아닌 후길이었다.

그가 지닌 《우로보로스》의 기공각검으로 사념 조작을 실시한 결과였다.

【—기룡의 공격과 능력이 생명이 없는 물질에 가하는 영향은 무효가 된다.】

지금 이 『고대의 숲』을 지배하고 있는 법칙과 그 의미는 머릿속에서 직접 들렸고, 리샤를 비롯한 모두가 이해했다.

생명이 없는 물질에 가하는 영향은 무효— 즉 거대한 신장기룡 《우로보로스》와 자동인형은 신장조차 통하지 않는, 절대 무적의 방어력을 획득한 거나 다름없었다.

"과연, 알기 쉽군요. 장갑만 먼저 배출됐다 함은, 다시 말해서—"

요루카는 《우로보로스》의 발밑에 떨어진 《티폰》의 장갑을 보고 중얼거렸다.

특수 무장 《제로 원》으로 인해 피르히는 조금 전 《우로보로스》 내부에 갇혔고, 그녀가 두른 장갑만 지금 밖으로 배출됐다.

《우로보로스》의 특수 무장 《제로 원》의 능력조차 개변된 법칙으로 인해 무기물에 어떠한 효과를 발휘하지 못한다는 증거였다.

그 뒤에 《제로 원》을 해제했는지 밖으로 튀어나온 피르히는 곧바로 기공각검을 주워서 다시 《티폰》을 두르는데 성공했다.

그랜드 버스터
"《지쇄각탄》!"

상황이 일변한 직후, 메르는 《드래이그 귀버》의 특수 무장으로 생성한 탄두를 해방했다.

그 표적은 얼음에 갇혀 있는 합성 디아볼로스.

"—그, 갸아아아아아아아아아아아악!"

지형조차 바꿔버리는 위력의 폭발을 고스란히 뒤집어쓰고 핵이 파괴된 이형의 악마는 붕괴되기 시작했다.

아니— 엘릭시르를 한계 이상 투여한 그 신체는 진작 한계를 맞이한 모양이었다.

하지만 이것으로 기룡의 공격이 통하는 『생명이 있는 물질』에 해당하는 적은 더 이상 이 자리에 없었다.

단 한 명— 후길을 제외하고.

"……."

"감사합니다, 후길. 당신의 기지 덕분에 살았군요."

머리 조종석에서 자동인형 아샤리아가 주인에게 감사를 표했다.

신장기룡 《바하무트》를 두른 『시작의 영웅』은 차가운 안광을 번뜩이며 그저 말없이 신전터를 내려다보았다.

몸을 뒤덮은 칠흑의 장갑은 두껍고 예리한 형태로 변화하여 불길한 기운을 발산하고 있었다.

룩스와 함께 싸워 온 이들 대부분은 이미 본 적 있는 모습이었다.

"—『한계돌파』. 진심으로 여기서 끝장을 낼 생각이구나."

《영겁회귀》로 인해 이제까지 입은 모든 피해가 무효가 된 《우로보로스》와 『세례』를 받아 초인적인 능력을 가진 후길의 『한계돌파』.

폐도 게르니카에서 『칠용기성』마저 모조리 쓰러뜨린 그들의 전력이, 지금 이 자리에 남은 연합군을 노리고 있다.

"—어째서, 굳이 저항한 거지?"

후길의 입에서 갑자기 튀어나온 질문 같은 혼잣말에 그 자리에 있는 모두의 의식이 그쪽으로 쏠렸다.

그 직후— 《바하무트》가 무시무시한 속도로 하늘을 가로질렀다.

"윽—?!"

그의 표적은 《파프니르》를 두른 크루루시퍼. 『완전결합』 상태로 강화된 그녀를 구태여 노린다는 사실에 모두가 경악을 금치 못했다.

그만큼 여유롭다는 뜻일까. 아니면 강적이라고 판단한 상대부터 끝낼 심산일까. 어느 쪽이건 크루루시퍼에게는 바람직한 상황이었지만—.

'잠깐만. 기룡에 대미지를 줄 수 없다면, 대체 우린 뭘 할

수 있는 거지?'

《영겁회귀》로 법칙이 개변된 상황에서 푸른 머리카락의 소녀는 당황했다.

그래도 신속하게 《프리징 캐논》으로 저격하는 걸 선택했다.

하지만 후길이 얼굴 앞으로 들어 올린 장갑 팔에 명중하자 냉기는 허무하게 흩어졌다.

"큭······?! 역시나!"

기룡에 대한 공격은 통하지 않는다는 사실을 그곳에 있는 모두가 똑똑히 확인했다.

그러나 후길이 장갑으로 방어했다 함은 맨몸을 노린 공격이라면 대미지가 통한다는 것을 시사한다.

즉—《바하무트》의 장갑은 부수지 못하더라도 초인이 된 후길을 쓰러뜨리는 것은 가능하다.

물론 공격을 제대로 맞춰야 하겠지만.

'그렇다면— 미래 예지의 신장을 쓰는 내게는 오히려 유리한 편이야! 맨몸 부분을 얼리는 데 성공한다면 승산이 있어.'

빠르게 생각을 정리한 크루루시퍼는 접근전을 시도하려고 했다.

"물러나라, 크루루시퍼!"

그러나 뒤쪽에서 리샤의 호통이 들려와 퍼뜩 냉정함을 되찾았다.

'—그리고 보니 이 공방에서 대미지를 입을 경우, 난 어떻게 될까?'

크루루시퍼는 『완전결합』으로 기룡 일부와 육체가 동화된 상태다.

어쩌면 합체한 부분도 기룡으로 취급돼서 절대 방어를 얻을 수 있지 않을까.

아니— 크루루시퍼는 감각적으로 알아차렸다.

기룡과 동화된 자신은 기룡의 대미지를 반 정도 나눠 받게 될 터다.

그래서 후길은 가장 먼저 크루루시퍼를 노린 것이다.

"—너희에게 승산이란 처음부터 존재하지 않았다. 아니, 이긴다 해도 얻을 수 있는 건 없지."

《파프니르》의 특수 무장, 공격을 자동으로 방어하는 일곱 장의 《오토 실드》가 후길의 참격을 막기 위해 움직인다.

하지만 자동 방어 속도보다 빠르게 후길이 펼친 신속제어의 일섬이 크루루시퍼의 어깨를 강타했다.

"크윽……!"

충격—.

《오토 실드》로 막아냈다면 지금은 《영겁회귀》로 개변된 법칙 『무기물에는 기룡의 공격이 통하지 않는다』에 따라— 어떠한 피해도 입지 않았을 것이다.

하지만 전광석화라고 칭해도 과언이 아닌 방패가 전개되는 속도보다도 빠른, 너무나도 강력한 일격을 받고 크루루시퍼는 이해했다.

'이런 상황을 상정한 『한계돌파』와 기룡 조작 오의였던 거야?!'

후길이 비할 데 없이 강력한 신장기룡을 가졌으면서도 특수한 기룡 조작을 익힌 이유는 무엇인가.

그것은 바로 《우로보로스》의 신장으로 기룡의 능력을 봉인한 상황에서도 영향을 받지 않는 전투력을 얻기 위해서다.

그리고— 여러 번의 『세례』를 받아 초인적인 감각과 내구력을 갖게 된 후길은 『한계돌파』로 인한 육체의 부담조차 극복했다.

상황은 압도적으로 불리.

신장의 조합과 연계 전투로 연합군이 구축했던 유리한 전황은, 이 순간 단순한 역량 대결이라는 구도로 뒤바뀌게 되었다.

'《재화의 예지》의 예지조차 효과가 없어. 그렇다면, 최소한……!'

크루루시퍼는 한 점에 집중한 통상 사격으로 마지막 반격을 꾀했지만— 그것조차도 후길이 내리친 《카오스 브랜드》에 막혀서 실패로 끝나고 말았다.

"이제야 알 것 같네. 기룡의 공격이나 능력이 무기물에 영향을 줄 수 없다는 거라면……."

장갑이나 검을 방패로 삼는 것만으로도 철벽의 방어가 형성된다.

그 이상은— 크루루시퍼의 몸이 버텨내지 못했다.

크루루시퍼는 어깨뼈가 부러지는 소리를 듣고 지상으로 추락했다.

전신에서 힘이 빠져나가며 《파프니르》의 장갑이 해제됐다.

"크루루시퍼!"

리샤의 외침과 함께 아르마가 《엑스 와이번》으로 날아가 크루루시퍼를 잡았다.

그 순간, 후길이 투척한 대거가 아르마의 어깨를 찢었다.

"으, 악……!"

격통으로 얼굴을 찌푸리면서도 크루루시퍼를 놓지 않았다.

이제는 전투에 참가할 수 있는 기량을 갖지 못한 자신의 최소한의 의지를 보여주려는 것처럼.

"정말 놀라운 녀석이군……! 저 후길이라는 남자는!"

리샤는 이를 악물고 《세븐스 헤즈》로 후길을 조준했다.

후길은 크루루시퍼를 잡기 위해서 아르마가 자신의 장벽을 해제한 그 순간을 놓치지 않고, 장갑 틈으로 살짝 보이는 아르마의 맨몸을 대거로 노렸다.

처음부터 크루루시퍼를 도우려 하는 동료를 공격할 속셈이었으리라.

후길의 행동 하나는 다음 한 수로 이어졌다.

동료가 다쳤다는 분노보다도 그 수완에 대한 경탄이 앞섰다.

이것이— 천 년 이상 쉬지 않고 싸워 온 기룡사의 실력이란 말인가.

그렇다면— 리샤는 호흡을 고르고 재차 기합을 불어넣었다.

룩스가 전선에 복귀할 때까지 후길을 붙잡아 두겠다. 아니— 돌아오기 전에 쓰러뜨리겠다.

《티아마트》가 보유한 광범위에 고화력을 퍼붓는 원거리 무기라면 장갑에는 아무 대미지를 못 주더라도 후길의 맨몸에 치명상을 줄 수 있다.

"—헛수고다. 설령 『성식』을 정지시킨다 해도 싸움은 멈추지 않아. 인간의, 생물의 본능이 불공평을 강요하기 때문이지. 인간은 자기 자신의 욕망을 조절하지 못한다. 신이라도 되지 않는 한."

후길이 《바하무트》로 활공하며 냉담한 어조로 말했다.

독백 같은 성량이었지만 어째선지 이 눈보라 속에서도 또렷하게 들리는 것 같았다.

리샤는 그 말을 들으면서도 집중력을 잃지 않았다.

후길이 움직임을 멈춘 순간을 놓치지 않기 위해 확실하게 조준하고 공격을 퍼부으려던 순간—.

콰아—!

갑작스럽게 불어닥친 광풍이 주위에 있던 리샤 일행 모두의 몸을 날려버렸다.

"아악……!"

누구의 비명인지도 알 수 없는 비명이 동시에 울려 퍼졌다.

그저 압도적인 압력이 온몸을 짓눌렀고 고통 때문에 호흡이 멈췄다.

후길 후방에 있는 《우로보로스》 본체가 해방한 하울링 로어가 원인이라는 걸 알아차렸지만— 그때는 이미 늦은 뒤였다.

리샤 일행이 두른 신장기룡의 장벽을 뚫고 맨몸에 충격이 쏟아졌다.

다행히 즉사하지는 않았지만 온몸이 지면에 내동댕이쳐진 고통 때문에 의식이 끊길 것 같았다.

후길은 공격에 휩쓸리지 않도록 직전에 장벽을 강화해서 방어 자세를 취하고 있었는데, 그 점을 눈치채지 못했다.

"으, 크윽⋯⋯!"

그 틈을 놓칠세라 《우로보로스》로 날아올라 거대한 블레이드를 힘껏 쳐들었다.

기룡으로 맨몸에 공격하는 것 외에는 효과가 없을 테지만, 기온 때문에 칼날 표면이 다소 얼어붙은 상태였다.

따라서 일부나마 대미지가 통하리라는 것을 이해했다.

그대로 《요르문간드》를 지면에 설치한 채 움직이지 못하는 아이리를 향해 내리칠 자세를 취했다.

"─아이리! 도망쳐!"

"─?!"

눈앞에 피할 수 없는 위협이 육박한다.

아이리는 설치한 《요르문간드》를 조작해서 몸을 지킬 방법도 아직 익히지 못했다.

"멈춰라─!"

"그만 두라구!"

그라이퍼와 메르가 좌우에서 동시에 끼어들었다.

신장 《광자잠행》의 무적화가 《영겁회귀》로 힘을 잃은 이상 자신의 질량으로 공격을 막을 수밖에 없었지만─.

투콰아아아아아앙—!

벼락이 떨어진 듯한 굉음을 내며 거대한 블레이드가 작렬했다.

아이리 앞을 벽처럼 막아선 두 사람은 거대한 블레이드의 궤도를 살짝 트는 데 성공했지만, 그 풍압만으로 밀려 날아가며 눈으로 뒤덮인 대지를 나뒹굴었다.

"크윽……!"

당연히 필살의 일격을 받게 될 아이리는 죽음을 각오했지만— 눈앞으로 달려 온 로자의 《고리니시체》가 가로막은 덕분에 가까스로 직격을 피했다.

"로자 씨!"

"윽……! 상상 이상의 위력이네—. 하지만 여기서 당하면 룩스 님을 볼 낯이……."

로자가 피를 울컥 토하는 순간 장갑기룡이 해제됐다.

단 한 번의 공격으로 신장기룡을 조종하는 정예 세 명이 당했고, 아이리도 체력의 한계를 맞이하여 《요르문간드》를 해제했다.

"……주포, 충전 완료. 발사."

하울링 로어, 거대 블레이드의 일격.

고작 두 번의 공격만으로 심각한 피해를 입은 연합군에게 새로운 위협이 엄습한다.

하늘로 날아오른 《우로보로스》가 낙하하는 동시에 검을 힘껏 내려친 직후— 아샤리아는 주포를 기동하여 리샤를 노리고 발사했다.

"―제기랄! 이렇게까지, 이렇게까지 차이가 난다는 말인가!"

"설령 여러분이 지금 만전의 상태라고 해도 후길의 적수는 못 됩니다. 그는 지옥을 수없이 극복하고 살아 돌아왔습니다. 인간의 미래를 지키기 위해서 영겁의 세월을 싸워왔지요. 때문에 결코 지지 않아요."

아샤리아는 무기질적인 목소리로 선고하고 무자비하게 추가 공격을 가했다.

다음 순간, 신전터가 섬광에 휩싸였다.

†

아샤리아가 아이리를 집중적으로 공격하는 동안― 다른 기룡사들도 물론 가만히 있던 것은 아니다.

소피스가, 피르히가, 요루카가, 적의 맹공을 저지하기 위해 싸웠다. 그러나 아샤리아 본인이 자동인형인 탓에 《우로보로스》에 대한 공격은 전혀 통하지 않았다.

그렇다면 사정거리에 내에 후길을 노리려고 했지만 소녀들의 노림수는 진작 읽힌 상태였다.

투두둥―!

피르히는 《파일 앵커》를 연달아 사출해서 후길의 맨몸을 노렸지만, 대검으로 튕겨내고 피해버렸다.

그 틈에 소피스가 《브리트라》의 블레이드를 들고 돌진했다.

"그 누구도 이룩하지 못하고 포기한 이상향. 나는 영웅의 사명을 완수하기 위해서 계속 싸워야만 한다. 너희에게는 미래를 개척할 힘은 없어."

"—큭!"

지친 소피스는 『한계돌파』를 쓰고 있는 《바하무트》의 스피드를 전혀 쫓아갈 수 없었다. 간신히 사정거리 내에 포착했을 때, 오싹한 느낌이 등줄기를 타고 흘렀다.

고작 몇 차례 검을 맞댔을 뿐인데 자신의 공격 패턴을 완벽하게 간파당했다.

상대의 예비 동작을 파악해서 공격의 시작 지점을 차단하는 기술— 즉격. 후길은 그 기술을 구사하며 소피스의 장갑을 대검으로 난도질했다.

"아, 큭……!"

《영겁회귀》의 법칙 개변으로 《브리트라》 자체는 손상되지 않았다. 하지만 장벽 너머로 맨몸을 난타하는 검의 위력은 별개다.

몇 층 높이에서 추락한 듯한 충격에 의식이 날아갈 것만 같았다.

그럼에도— 소피스는 이를 악물고 견뎠다.

"그래서…… 자신의 의지를 관철하겠다는 거야? 아니, 겠지……. 당신은, 사실 알고 있어. 바라던 것이, 원래대로 돌아오지 않으리라는 걸."

소피스가 《브리트라》와 함께 추락하는 도중에 최후의 힘을 쥐어짜서 신장을 해방했다.

"그 『성식』은, 틀렸어. 망가졌어. 그럼에도 거기에 매달릴 수밖에 없다고— 단정지었지. 우리의 얘기도 듣지 않고, 잃어버린 꿈을 향해 도망치고 있어."

중얼거리는 소피스를 후길은 거들떠보지도 않았다.

하지만 분명 그에게도 들릴 터였다.

"—《바람의 위광^{마하푸라나}》!"

그리고 마음을 부딪치려는 것처럼 최후의 힘을 해방했다.

하지만 후길은 눈을 살짝 깜빡였을 뿐 경계조차 하지 않는 듯했다.

《영겁회귀》로 법칙이 개변되어 신장은 무기물에 전혀 영향을 주지 못하므로 방어할 필요도 없기 때문이었으나— 후길은 불현듯 시야를 뒤덮은 나뭇잎에서 위화감을 느끼고 아주 잠시 움직임을 멈추고 말았다.

"—?"

의문은 곧바로 풀렸지만, 이미 소피스가 책략을 실행에 옮긴 뒤였다.

"—《금강저^{바즈라}》!"

파지직—.

작은 소리가 난 직후 머리 위에서 섬광이 번뜩였다.

위성 병기형 특수 무장 《바즈라》에서 방출된 낙뢰가 후길에게 떨어졌다.

소피스의 최후의 책략.

그것은《브리트라》의 특수 무장— 하늘에 떠 있는《바즈라》에서 쏜 낙뢰를 후길에게 명중시키는 것.

《영겁회귀》의 영향권에 있는 이『고대의 숲』에서는 무기물의 궤도를 조작하는 게 불가능하다.

그래서 소피스는 주위에 있는『생물』인 나뭇잎을 궤도 제어로 휘몰아서 후길의 시야를 차단하고 발을 묶는데 성공했다.

전격을 퍼부으면 후길의 육체에 대미지를 줄 수 있다.

그 포석을 깔기 위해서 신장을 사용한 것이었다.

"당신의 약점은, 모든 면에서 너무 강하다는 것……. 뭐든지 할 수 있다고 믿으며, 그 힘에 휘둘리고 있어. —나도, 그런 적이 있지."

낙뢰는《생사유전》^{제로 원}으로 지워버릴 수 있지만, 시야를 차단당한 탓에 반응이 한발 늦었다.

그래서 후길은 제자리에 굳은 채《바즈라》의 뇌격을 정통으로 맞았다.

『—후길!』

자동인형 아샤리아가 후길의 위험을 알아차리고 소리쳤지만, 후길은 공격을 받고도 동요하지 않았다.

그저 마비가 풀릴 때까지 몇 초간 버티기 위해서 방어를 굳히는 자세를 잡았다.

"뒷일은— 맡길게. 룩스, 모두들."

모든 힘을 다 소모한 소피스는 장갑이 해제되어 맨몸으로 하늘에서 떨어졌다.

피르히와 요루카는 그 틈을 놓치지 않고 후길을 향해 날아갔다.

†

『―큭!』

후길이 있는 곳에서 동쪽으로 약 2백 메르 떨어진 위치에서 아샤리아는 번민했다.

자동인형 아샤리아는 《영겁회귀》(엔드리스)의 효과에 보호받고 있어서 무적이나 다름없었다.

하지만 그것 때문에 후길은 허를 찔리고 말았다.

세계의 법칙조차 바꿔버리는 《우로보로스》의 신장은 너무나도 강력한 까닭에 후길 자신을 대상으로 하는 《생사유전》(제로 원)이나 《폭식》(리로드 온 파이어)의 효과조차 무효로 돌린다.

아샤리아가 독단적으로 《영겁회귀》(엔드리스)를 해제하는 수도 있지만―.

'저는 믿습니다. 설령 열세에 몰리더라도, 후길이 질 리가 없어요.'

아샤리아는 이제까지 셀 수 없이 지켜보고, 기록해왔다.

천 년 넘게 계속되어 온 그의 싸움을.

결코 패배하지 않고, 마음이 꺾인 적도 없는 그의 모습을.

'자동인형인 나는 진짜 아샤리아를 대신할 수 없어.'

하지만― 주인의 소원을 이뤄주려고 노력하는 기계가 잘못

된 존재라고는 생각하지 않았다.

'그렇다면!'

한시라도 빨리 눈앞의 적을 섬멸한다.

그렇게 결의하고 아샤리아는 남은 연합군 멤버들을 돌아보았다.

"각오는 되어 있겠지요?"

이미 연합군에는 장갑기룡을 두르고 있는 사람이 거의 남아 있지 않았다.

아이리, 메르, 그라이퍼, 로자, 소피스, 아르마, 트라이어드는 이미 정신을 잃었고, 리샤만이 어떻게든 홀로 분투하고 있는 상황이었다.

하지만 신장을 이용한 방어와 공격이 봉인된 상황에서 《우로보로스》를 상대하는 중이었으니 이래 봬도 선전하는 편일 것이다.

이미 당한 사람들은 에이릴이 간신히 회수해서 마기알카, 롤로트와 함께 무너진 신전 그늘에 숨어 있었다.

"그 말을 그대로 돌려주마. 네 주인이 당할지도 모르는데, 《영겁회귀》를 해제하지 않아도 되는 거냐? 종자가 주인을 방패로 삼아 살아남으려는 거냐?"

"……."

리샤는 숨을 거칠게 헐떡이며 《와이번 윙》 형태로 계속 공격을 피하면서 도발했다.

강화되어 압도적인 기동력으로 어떻게든 《우로보로스》의

공격을 회피하는 것만은 성공했다. 그녀도 이미 『세례』의 힘으로 체내 에너지를 연소하고 있었지만, 그것도 오래가지 못할 터였다.

하지만 지금은 굳이 시간을 벌기 위해 끈질기게 물고 늘어지며 아샤리아에게 결단을 재촉했다.

아무리 인간이 아닌 자동인형이라고 해도 그녀들에게는 마음이 있다.

그 하나를 믿고 흥정을 시도했다.

"《영겁회귀》는 해제하지 않을 겁니다. 저는 후길을 믿어요. 저를 창조한 마스터…… 진짜 아샤리아의 유지를 이어받아 싸우는 그를─."

✝

한편 《바즈라》의 뇌격을 맞고 지상으로 내려온 후길은 피르히와 요루카에게 맹공을 받고 있었다.

『한계돌파』 형태인 《바하무트》라면 아무리 두 사람이 협공하더라도 후길의 상대는 될 수 없다.

하지만 직전에 뇌격이 장갑을 타고 전달돼서 후길의 맨몸을 마비시켰고, 기룡을 조작하는 후길의 움직임이 둔해진 틈에 전력을 쥐어짜 끊임없이 공격을 퍼부었다.

요루카와 피르히의 체력은 이미 한계.

하지만 정신력으로 두꺼운 장갑을 지탱하고 의지의 힘으로 움직였다.

이제 곧 재정비를 마친 룩스가 와줄 것이다.

그때를 위해서 조금이라도 후길에게 대미지를 주기 위해 사력을 다했다.

"……."

하지만 평범한 인간이라면 중상— 적어도 기절을 면치 못할 뇌격을 정통으로 맞았는데도 후길은 전혀 동요하지 않았다.

마비돼서 잘 움직이지 않는 몸으로 《바하무트》를 조작하여 정확하게 방어하고, 두 눈으로 두 사람의 움직임을 정확하게 간파했다.

기계와 같은 냉철함으로 사명을 수행했다.

그 정신력에 압도당할 수 없다는 마음으로 요루카와 피르히는 더욱 기세를 올렸다.

"—상당히, 끈질긴 상대로군요. 주인님처럼 말이지요."

"하지만…… 루우는, 우리 얘기를 들어줘."

《티폰》의 굵은 팔이 후길의 가드를 돌파하고 장벽 위로 주먹을 꽂아 넣는다.

요루카가 펼친 영구연환의 연격이 후길을 놓치지 않겠다는 배후에서 작렬한다.

후길은 아마도 앞으로 몇 초 안에 마비에서 풀려날 것이다. 그 전에 결정적인 대미지를 주려고 사력을 다해 싸우는 두 사람의 귀에— 주위 일대에 목소리가 들렸다.

【—모든 법칙은 개변 전으로 되돌아간다.】

"—?!"

『고대의 숲』의 설원에서— 후길을 두 방향에서 공격하던 요루카와 피르히의 표정에 긴장감이 스쳤다.

《우로보로스》 본체를 조작하는 자동인형이 《영겁회귀》를 해제한 줄 알았지만 실상은 달랐다.

하나의 법칙을 지속적으로 적용한 탓에 에너지에 한계가 찾아온 것이었다.

하지만 후길은 그것조차 이미 계산에 넣어 두었다.

이 싸움 도중에 한 번은 끊길 거라는 걸 알고 그 틈을 타서 움직인 것이다.

"실력이 제법 괜찮군. 하지만 무의미한 짓이다."

요루카와 피르히의 집중력이 살짝 흩어진 찰나, 후길의 장갑에서 진홍색 빛이 뿜어져 나왔다.

그 순간 주위의 시간이 정지한 것처럼 흩날리는 눈송이가 낙하를 멈췄다.

<small>리로드 온 파이어</small>
"—《폭식》."

후길은 자기 자신이 아닌 주변 공간의 시간을 압축 강화해서 피르히와 요루카의 움직임을 정지시켰다.

룩스가 폭격이라고 명명한, 상대의 움직임을 극한으로 감속시킨 동안 연속 공격을 퍼붓는 기술이다.

기룡과 함께 한 바퀴 빙글 회전하며 펼친 한 번의 횡베기가

《티폰》과 《야토노카미》의 장갑 팔을 부수고 환창기핵을 손상시켰다.

"……!"

"당해, 버렸네요."

동력부를 강타당한 두 사람의 신장기룡이 해제됐다.

피르히와 요루카의 싸움은 여기서 첫 번째 한계를 맞이했다.

"후길—!"

그리고 지금.

피르히와 요루카가 후길이 시전한 폭격에 당한 바로 그 찰나.

룩스가 가공할 스피드로 후길을 향해 날아갔다.

자신에게 걸린 모든 제한을 해제하는 『한계돌파』를 사용해서 지금 막 신장의 효과가 끝난 후길에게 육박했다.

"주인, 님……."

"루, 우……."

마지막까지 필사적으로 싸워 준 그녀들이 룩스는 고마울 따름이었다.

아니— 그것만으로는 도저히 표현할 수 없는 감정이 솟구쳤다.

그녀들은 룩스에게 너무나도 큰 것을 주었고, 룩스라는 존재를 지켜주기 위해 모든 것을 바쳤다.

그 마음이— 마음의 힘이 기룡을 조종하는 힘에 예리함을 부여했다.

쿠아앙—!

마찬가지로 『한계돌파』 상태인 후길에게 돌격. 그대로 지면에서 하늘을 향해 압도적인 추진력으로 밀어 올린다.

그 충격으로 후길의 자세가 살짝 무너진 순간을 놓치지 않고 룩스는 오의를 펼쳤다.

"─영구연환!"

엔드 액션

『세례』로 강화된 집중력을 쏟아붓는 영구연환의 새로운 형태.

모든 각도로 참격을 펼쳐서 상대의 공격을 찍어누르고 그 대미지를 한 점에 집중해서 파괴한다.

노리는 곳은 후길이 두른 《바하무트》의 환창기핵.

폭우, 폭풍, 폭포의 종점.

비유할 표현을 찾을 수 없을 정도로 빠르고 많은, 무한에 가까운 그 참격이 장갑을 난도질한다.

후길의 싸움은 끝났다.

천 년 전─ 아득한 과거에 이미 끝을 맞이했다.

진짜 아샤리아와 그렸던 세계 평화라는 꿈은─ 그녀와 함께 만들어야 했던 『성식』은 이미 잃어버렸다.

다른 누구도 아닌, 인공지능으로 보존되어 있던 아샤리아의 기억 자신이 그렇게 말했다.

그렇기에 룩스는 후길과 싸우겠다고 결심했다.

이 이상 바라지 않는 싸움을 반복하지 않도록, 영웅의 사명을 저지하기 위해서─

"─어떻게 된 거냐, 아우야. 이것이 네 전력이냐?"

영구연환의 연격 앞에 후길이 두른 《바하무트》의 장갑이 부서져 나간다.

그럼에도 후길의 방어 조작은 막힘이 없다.

노도처럼 몰아치는 룩스의 연속 공격 하나하나를 정확하게 읽어내서 치명적인 손상을 막으면서 반격할 타이밍을 노리고 있다.

환창기핵에 대미지가 쌓이는 것을 막고 있다.

무지막지한 소음.

서로의 목소리 따위는 닿지 않는 상황에서, 후길은 웃고 있었다.

그런 것을 증명할 방법은 없다고, 후길의 행동이 진정 무의미한 짓이었는지는 아무도 모른다고.

후길의 시선이— 궁지에 몰렸음에도 조금도 흔들리지 않는 검의 움직임이 그렇게 말하고 있었다.

"내게 있어 영웅의 사명이란 정의를 실천하는 것. 불완전한 『성식』을 움직여서 세계에 균형을 안겨주는 것뿐이다. 약자를 돕고, 이끌고, 올바른 왕의 그릇을 완성하여 지켜볼 뿐이다."

모든 부정과 절망을 극복하고, 천 년 넘게 싸워 온 불사자의 모습이었다.

'—이, 고집불통 같으니!'

룩스는 마음으로 외치며, 영구연환을 이어 나갔다. 엔드 액션

그는— 후길은 완고했다.

자신이 결정한 바를 반드시 관철하는 사내였다.

무슨 일이 있어도 지지 않고 끊임없이 싸워 온 사람이었다.

룩스 자신과— 어딘지 모르게 닮은 형이었다.

그렇기에 알 수 있었다.

후길은 이미 망가졌으며, 본인은 그 사실을 깨닫지 못했다는 것도.

『모형 정원』의 보물 창고에 숨겨져 있던 아샤리아의 인공지능 시스템은 본디 『대성역』의 자동인형에게 계승될 예정이었다고, 아샤리아의 의사 인격이 알려주었다.

아직 의사 인격의 재생 시스템을 조정하는 도중이었던 그녀는 프로그램 완성을 『모형 정원』의 자동인형에게 맡기고 잠들었다.

과거의 진상을 후길에게 확실히 전달하기 위해서 완성까지 시간이 필요했다.

그러나 도중에 『방주(아크)』 때처럼 기술과 유산을 노리고 『모형 정원(가든)』을 습격한 『배신자 일족』 탓에 후길에게 전달한다는 목적은 중단되고 말았다.

여러 차례 겹쳐진 우연이 비극이 되어 아샤리아는 결국 진실을 전달하지 못했다.

이제 후길은 멈추지 않는다.

하지만― 룩스는 그를 막아내겠다고 맹세했다.

무한하게 계속될 영웅의 사명을 끝내기 위해서.

룩스가 지금 이 시대와 사람들에게서 배우고, 알게 된 것을 전하기 위해서―.

【―모든 공격은 그것을 가한 주체에게 두 배의 힘으로 반사

된다.】

"―?!"

《우로보로스》의 신장―《영겁회귀》가 발동하며 『고대의 숲』이 연한 일곱 빛에 감싸였다.

목소리가 머릿속에 직접 울린 순간, 룩스는 후길의 의도를 깨닫고 무한의 연격을 정지했다.

상대에게 퍼부은 공격이 두 배의 위력으로 돌아오면 몇 초도 버티지 못하고 쓰러지리라는 걸 이해했기 때문이다.

그것이 적이 노리는 바라는 것을 알아도 멈출 수밖에 없었다.

"네 저항 따위는, 어차피 그 정도로구나."

그 순간 후길이 펼친 신속제어의 일섬이 룩스의 어깨 장갑에 균열을 만들었다. 후길 본인도 직전까지 받은 대미지가 남아 있는 탓인지, 그리고 반사 대미지를 받지 않기 위해서인지 위력은 낮았다.

그럼에도 육체에는 충격이 전해졌고, 룩스의 《바하무트》는 출력이 저하되어 아래로 떨어졌다.

"크, 으……!"

지금까지 받은 대미지를 버텨내고 당당하게 체공 중인 후길과 공격을 받고 추락하는 룩스. 천재일우의 승기는 역시나 《우로보로스》의 능력 앞에 사라지고 말았다.

법칙을 자유자재로 바꿀 수 있고, 분리한 상태로 싸울 수 있다.

그리고 다음 세계 개변에 쓸 에너지를 아끼면서 싸울 생각
도 접은 것이리라.

"와라, 아샤리아! 중추와 결합해서 《우로보로스》의 진정한
모습을 되찾겠다……!"

『그래도 괜찮겠습니까? 그걸 사용하면 앞으로 몇 년간은 세
계를 개변할 수 없습니다만ㅡ.』

2백 메르 정도 떨어진 위치에서 아샤리아가 용성으로 되물
었지만, 도중에 의미없는 질문이라는 걸 깨달았다.

《우로보로스》를 상대로 아직도 악착같이 싸우고 있는 리샤
와 룩스를 전례가 없는 강적이라 인정하고 경의를 표하겠다는
의미인 것이었다.

다시 말해ㅡ.

『그들을 여기서 죽여야만 한다는 거군요. 그럼ㅡ 개시하겠
습니다.』

아샤리아는 통괄자로서 자기 자신의 전자 두뇌와 『대성역』
을 접속하고 시스템을 기동했다.

그 직후, 땅이 울리는 소리가 나면서 대지가 진동하고 세계
가 연한 빛을 띠었다.

"『한계돌파』ㅡ 개시."

그 목소리와 거의 동시에 후길은 《바하무트》와 함께 《우로
보로스》의 흉부로 날아가 합체했다.

그대로 기공각검을 들어올리자 신전터 지하에서 떠오른 거
대한 은색 시설ㅡ 중추가 분해되며 형태가 바뀌었다.

"설마…… 《우로보로스》에도 『한계돌파』 형태가 존재하다니?!"

『대성역』의 중추는 제0유적 《우로보로스》의 반신.

따라서 『한계돌파』로 합체가 가능하다는 가설도 생각을 안 해본 것은 아니었으나— 애써 머리 구석에 치워두었다.

가뜩이나 압도적으로 불리한 상황에서 적이 그런 짓을 한다면 승산이 없기 때문이다.

"말도 안 돼. 아직도 비장의 수단이 남아 있었다니……!"

신전터의 엄폐물 뒤에서 모두를 감싸는 것처럼 지키고 있는 에이릴의 배후에서 의식을 되찾은 메르가 멍하니 중얼거렸다.

"뭐 저딴 게, 다 있지……. 얼마나 많은 힘을 가진 거냐고…!"

마찬가지로 빈사 상태인 그라이퍼도 힘없는 시선으로 그쪽을 보았다.

"이쯤 되니까 웃음만 나오네—."

"이젠 무리일지도…… 우리는."

씁쓸하게 웃는 로자 옆에서 소피스도 포기한 것처럼 하늘을 올려다보았다.

저마다 떨어진 위치에서 크루루시퍼, 피르히, 세리스, 요루카, 그리고 아르마도 말없이 눈앞에서 펼쳐지는 광경을 바라보았다.

그녀들 역시 만신창이라서 당장은 움직일 수 없었다.

유일하게 싸울 수 있는 리샤가 《세브스 헤즈》를 조준하며 합체를 저지하려고 했다.

그러나— 쏠 수 없었다.

공격하면 《영겁회귀》로 개변된 법칙에 의해 공격이 반사돼서 두 배의 대미지로 돌아오므로 《티아마트》가 아무리 철저하게 방어한다 해도 확실하게 죽게 된다.

같은 이유로 《천성》도 쓸 수 없었다.

뿐만 아니라 자잘한 공격은 저 거대한 개변기룡에 어떠한 저지력도 발휘할 수 없다.

그 모든 요소를 고려한 후에 후길은 《우로보로스》의『한계돌파』를 기동한 것이다.

자기 자신이 확실하게 죽는다는 것을 알고도 공격할 수 있는가—.

앞으로 신왕국을 짊어져야 할 공주로서, 자신의 목숨과 맞바꿔서 적의 목숨을 빼앗을 수 있을 것인가. 그렇게 리샤가 긴장으로 몸을 떨고 이마에서 땀을 흘리는 와중—.

『후길— 들어주세요. 당신이 아직 싸우고 있다면—.』

"……."

후길은 중추와 합체하고 있는 《우로보로스》에서『목소리』를 들었다.『모형 정원』에 잠들어 있던 천 년 전의 아샤리아가 남긴 인공지능의 목소리를.

만약 《우로보로스》가 중추와 합체를 시도한다면 인공지능 아샤리아가 후길에게 직접 말할 수 있도록—.

중추와 계약한 에이릴이 미리 프로그램을 설정해두었다.

『—후길, 들어줘. 당신의 싸움은, 이미 끝났어.』

『…….』

후길은 룩스의 용성 통신만은 허가했지만 아무 대꾸도 하지 않았다.

그저 목소리를— 피로에 찌든 룩스의 목소리를 들을 뿐이었다.

『우린 확인했어. 「모형 정원」의 보물 창고에 숨겨져 있던 기록을— 당신이 과거에 무슨 일이 겪었고, 그 결과 어떤 길을 선택했는지.』

『…….』

『그리고 그 「성식」이 실패작이라는 얘기도 아샤리아에게 직접 들었지.』

『…….』

후길은 대답하지 않았다.

듣고 있기는 했다.

말의 의미도 이해했다.

그럼에도 몸은 그저 눈앞의 싸움에 집중하고 있었다.

『죽음을 앞둔 아샤리아는 당신에게 진실을 숨겼어. 당신에게 진실을 밝히는 게 무서웠던 거지. 중추와 《우로보로스》가 연결된다면— 그녀의 인공지능이 당시의 진상을 알려줄 거야!』

다음에 룩스와 후길이 격돌할 때.

어느 쪽이 승리하든 모든 것이 끝나리라는 것을 걸 이해하고 있다.

그렇기에 지금 이 기회에 전할 필요가 있었다.

후길 자신조차 몰랐던, 천 년도 더 전에 있었던 일을—.

†

『제가 만든 「성식」은— 실패작이었습니다.』

몇 시간 전—.

룩스가 아이리, 에이릴과 함께 들어간 중추 내부에서.

데이터칩을 통해 재생된 인공지능 아샤리아는 망설이는 모습으로 입을 열었다.

"실패작? 당신을 죽인 『배신자 일족』에게 개조당해서 그렇게 변한 거야? 그래서 그 『성식』이 인류의 구제만이 아니라 인간의 악의에도 감응해서 살육을—."

에이릴이 미심쩍은 표정으로 문자 소녀의 입체 영상은 고개를 절레절레 저었다.

『아니요. 그런 뜻이 아니라, 「성식」은 처음부터 제가 바라는 대로 움직이지 않았습니다.』

"……."

룩스와 아이리는 이해할 수 없었지만 침묵을 지켰다.

그저 그녀의 입에서 진실이 나오기만을 묵묵히 기다렸다.

『「성식」은 인간의 사념에 감응해서 움직이며 대다수가 악이라고 생각하는 것을 쓰러뜨리고, 동시에 가지지 못한 불우한 자들을 구제하는 장치로써 작동할 예정이었습니다. 하지만 사람들은 공포를 느끼고 있었어요. 속으로는 저와 후길을 두려워하며 위협으로 인식했던 거죠.』

"……."

『우리는 그들을 구원했다고 생각했어요. 하지만— 사람들은 우리에게 고마워하는 동시에, 진심으로 우리가 사라지기를 바랐습니다. 그 시대의 사람들은.』

처음에 아샤리아의 말을 들었을 때는 그 의미를 이해할 수 없었다.

하지만 시간을 두고 룩스는, 아이리는, 에이릴은 깨달았다.

황국과『배신자 일족』.

지배하는 측과 지배당하는 측.

둘 중 어디에도 속하지 않은 채 평화를 추구하며 싸워 온 후길과 아샤리아는 그 두 진영 모두에게 소외당한 것이라고.

『우리는 그들의 목적을 계속해서 방해했습니다. 그들은 지배해서 착취하는 걸 원했고, 자신들을 핍박한 이들에게 복수하고 싶어했어요. 어느 것이나 당연한 소망이죠. 하지만 우리는 그들이 얼마나 유적의 힘을 욕심냈는지 눈치채지 못했습니다.』

상식적으로 말도 안 되는 양의 엘릭시르를 투여받은 후길은 불로불사이자 최강의 기룡사. 그 너무나도 강력한 힘을 존경하는 한편, 사람들은 그의 적이 되어서는 안 된다며 두려워했다.

아샤리아는 천재적인 두뇌로 누구보다도 유적을 잘 활용한 구세의 여신. 그녀의 베풂을 고마워하는 한편— 남에게 수많은 것을 남에게 빼앗기며 살아온 백성들은 그녀에게 질투심을 품었다.

아샤리아의 지성, 황녀로서의 지위.

그 모든 것을 재능과 운이라고 치부했으며, 어떻게든 빼앗고 싶다고 생각했다.

『인간의 마음은─ 반드시 옳기만 한 것은 아니에요. 아니…… 모든 이들이 우리의 마음에 찬동하리라고 생각했던 게 오만이었던 거죠.』

"……."

룩스는 기억하고 있다.

빼앗기고 상처받아 일그러져버린 사람들의 마음을.

과거에 마차 사고로 죽어가던 어머니를 거들떠보지도 않고, 어린 그에게 돌을 던지던 민중의 모습을.

그들도─ 당시에 어렸던 룩스 본인이 악행을 저질렀을 거라고 진심으로 생각하진 않았으리라.

그럼에도 불구하고 울분을 풀 수 있는 상대가 눈앞에 있으니 그냥 넘어갈 수 없었을 것이다.

지금이라면─ 그 마음을 이해할 수 있었다.

인간은…… 인간의 마음을 잃어버렸을 때 짐승이 된다.

빼앗겨서 절망했을 때. 혹은 너무 많은 걸 받아서 마음을 주체할 수 없게 됐을 때.

천 년 전 아카디아 황국에서는 사람들의 마음에 너무 많은 짐승이 살고 있었다.

그것을 바꿀 방법이 없었다.

그들이 한 번도 패배해본 적 없는 이를 질투하는 것도 극히 자연스러운 일이었다.

그리고— 그 진실을 프로토타입『성식』이 읽고, 인식했다.

세상 사람들이『사라지길 원하는』, 숙청을 바라는 대상은, 후길 아카디아라고.

아샤리아가 영웅이라 믿는 존재라고.

『저는 혼란스러웠어요. 이런 건 잘못됐다고 생각했죠. 그 누구보다도 평화를 위해서 싸우고, 자기 자신을 희생해온 후길을 사람들이 미워하다니. 그래서『성식』의 정신 감응 시스템을 조정했죠. 하지만— 제아무리 시간이 지나도『성식』에게 우리는 악인이었어요. 사람들의 의지를 반영하면 후길의 존재를 불필요하다고 단정했습니다.』

"……."

절대적인 강자.

불로불사의 존재.

후길의 존재를 아는 사람들은 그라는 절대자를 거부했다.

만약 후길의 정신에 문제가 생긴다면.

혹은 그의 역린을 건드리면 살해당할지도 모른다. 그런 백성들의 두려움이『성식』의 행동 목적을 왜곡시켰다.

"그럼,『성식』의 시스템을 수정한 건—"

룩스의 질문에 입체 영상 아샤리아가 수긍했다.

천 년 전, 아샤리아는『배신자 일족』의 반역으로 목숨을 잃었다.

그런데 그 도적들은 무슨 수로『성식』의 시스템을 수정했단 말인가.

그 부분이 계속 마음에 걸렸다.

『네, 저입니다. 제가 구한 「배신자 일족」— 그들에게 습격당하기 직전에 제가 수정했어요. 사람들을 구제하고 소원을 이뤄주지만, 한편으론 강한 적의와 악의에 감응해서 대상을 파괴하고 동력원으로 삼도록, 살육하는 생체병기의 측면을 부여했지요.』

　"어째서 그런 짓을— 아니……."

　반사적으로 입을 연 에이릴은 이내 깨달았다.

　"……후길을, 영웅으로 만들기 위해서…….

　입체 영상이 덧없이 고개를 끄덕였다.

『애초에 완성하기 전에 한 번, 저와 후길 모두와 아무 관계도 없는 폭주한 환신수 한 마리를 움직이게 할 생각이었어요. 그걸 진상을 모르는 후길이 토벌하게 해서 세계를 구하고, 그 모습을 사람들에게 보여줘서 널리 알릴 계획이었죠.』

　연극, 사기— 표현은 크게 중요하지 않다.

　요컨대 사람들의 마음에 똑똑히 새겨주고 싶었을 뿐이다.

　후길이— 세계를, 사람을 구하기 위해서 싸워왔다는 사실을.

　앞으로도 그의 힘이 필요하다는 것을.

　그렇게 사람들의 의식을 바꿈으로써 국민의 의지를 통합하고 반영하는 『성식』이 후길을 적으로 간주하지 않게끔 여론을 유도할 생각이었다.

　그걸 위해서라면 분쟁 중인 아카디아 황국 일파와 『배신자 일족』 반란군이 다소 희생되더라도 상관없다고 생각했다.

왜냐하면 후길은 그들을 몇 번이나 구해줬으니까.

"하지만, 그건……."

『네, 제 실수였죠. 아무리 세월이 흘러도 증오에 사로잡힌 채 싸우는 그들에게, 어느새 저도 정이 떨어지고 말았으니까요.』

늘 세계 평화를 바라며 자애로 사람들을 대하던 아샤리아 는, 오랜 싸움 끝에 피폐해져 그런 선택을 하고 말았다.

『저는—.』

그리고— 지금.

중추와 연결 중인《우로보로스》내부에 존재하는 후길에게 인공지능 아샤리아가 고백했다.

『저는「구세의 여신」이 되지 못했어요.』

그 말 속에는 세상의 종말을 바라게 된 소녀의 절망이 담겨 있었다.

망가진 시대, 무한한 다툼 속에서 이상향을 추구했지만.

끝내 꿈이 무너진 이의 본심이 드러났다.

『저는 그 뒤틀린 세계를 바꾸고 싶었고, 후길과 함께 싸워 나가다 보면 조금씩 사람의 마음을 바꿀 수 있으리라고 생각 했어요.』

슬픈 것처럼, 기쁜 것처럼.

소녀는 자신의 성공과 실패의 기억을 이야기했다.

『하지만 저는 절 칭송하던 사람들이 바라던— 그런 존재가 되지 못했어요. 저는 결국 아무리 노력하더라도 한낱 인간에 불과했습니다. 후길이 멸시당하고 미움받고 있다는 사실에 공포를 느끼고, 비로소 그 사실을 알아차리게 되었죠.』

아샤리아 또한 현실에 사로잡힌 한 명의 인간에 불과하다는 것을.

소중한 것을 빼앗기지 않기 위해서 싸웠을 뿐이라는 것을.

『영웅과 여신』.

아무리 대단한 위업을 달성했다 하더라도 그들 또한 인간이었으며, 짊어지려고 했던 것들은 너무나도 무거웠다.

"……."

후길은 아무 말도 하지 않았다.

안색 하나 바뀌지 않았다.

그저 가만히 소녀의 인공지능이 하는 말에 귀를 기울였다.

『그 「성식」은 후길에게 토벌당하게끔 개조한, 원래 용도와 다른 거예요. 그 사실을 모르는 후길은— 저와 나눈 약속을 지키려고 한 거겠죠.』

"……."

설령 불완전한 구제장치라 할지라도 아샤리아가 남긴 유품이었기에, 홀로 남은 후길은 『성식』과 함께 계속 싸워왔다.

약자의 아군— 영웅의 사명을 다하기 위해서. 어떠한 분쟁도 없는 세계를 향해서, 균형을 계속 유지하기 위해서.

그것이 자신들의 꿈이라고 믿으며.

아샤리아는 몇 시간 전, 룩스 일행에게 그 모든 사실을 밝히고 부탁했다.

『그러니— 후길을 막아주세요. 그를 영웅에서 평범한 인간으로 되돌려주세요. 이기적인 소원이라는 건 알지만— 간곡히, 부탁드립니다.』

그리고 룩스와 동료들은 후길과의 전투에 나섰다.

아샤리아의 유지를 이어받아 모든 싸움에 종지부를 찍기 위해서—.

†

그리고 현재. 『고대의 숲』 신전터 상공.

『한계돌파』를 발동하여 변형 중인 《우로보로스》 앞에서 리샤가 포효했다.

『나는— 무슨 한심한 생각을 하는 거냐—!』

심호흡을 하고 다시 기합을 불어넣었다.

분해되고 결합되는 구체형 시설— 중추를 《일곱 개의 용머리》로 조준했다.

『언니……? 뭘 하려는 거야?!』

싸움을 지켜보던 아르마가 용성으로 황급히 리샤에게 말을 걸었다.

아니, 그곳에서 싸우고 있는 모두가 눈을 의심하며 그 광경을 목도했다.

기체가 너무나도 거대한 탓인지 『한계돌파』가 완료되기까지는 아무래도 시간이 더 걸릴 것 같았다.

보기에는 1분 이상— 하지만, 몇 분씩 걸리지는 않을 터.

"그야 뻔하지 않느냐! 지금 난 모두가 도와준 덕분에 싸우고 있어. 그리고 후길을 타도하기 위해서 할 수 있는 게 있지. 그 녀석에게, 룩스에게 승리로 향하는 길을 열어줄 수 있는데, 대체 무얼 주저하는 것이냐!"

그것은 리샤의 마음이 부르짖는 혼의 외침이었다.

자기 자신이 확실하게 죽는다는 현실.

절대적이며 절망적인 그 족쇄를 자신의 의지로 끊어낸 것이다.

"그만둬—! 그랬다간 대미지가 반사돼서 죽게 될 거야!"

리샤가 있는 신전터와 떨어진 곳. 변형 중인 《우로보로스》를 사이에 두고 숲 서쪽에 있는 크루루시퍼가 《세븐스 헤즈》를 겨냥하는 리샤를 보며 육성으로 외쳤다.

그 목소리가 리샤에게 과연 닿기는 할지 알 수 없었다.

그래도 외칠 수밖에 없었다.

지금까지 학원에서 그녀와 시간을 보내며 함께 싸우고, 때로는 연적으로 경쟁한 친구로서 말릴 수밖에 없었다.

"……공주님은, 진심이야."

그 근처의 나무 그늘 밑에 있던 피르히가 입을 열었다.

그녀도 기공각검을 들고 다시 《티폰》의 소환을 시도했지만 제대로 안 되는 모양이었다.

그 모습을 보고 크루루시퍼도 피르히의 마음을 알아차렸다.

리샤가 룩스를 위해서 지금 할 수 있는 일을 하려고 하는데—
그것을 막을 수 없는 자기 자신이 답답한 거라고.

《파프니르》는 《우로보로스》의 변형 합체를 저지할 만한 화
력을 낼 수 없지만, 만약 저기 있는 사람이 리샤가 아닌 크루
루시퍼였어도 똑같이 행동했으리라.

하지만— 정말로 실천할 수 있으리라는 확신을 가질 수가
없었다.

모두가 죽음을 각오한 싸움이라고 해도. 설령 그 방법 외에
는 승산이 없다고 해도—.

†

—그 무렵, 《우로보로스》의 머리 조종석.

후길을 흉부에 수납하고 중추와 변형 합체 조작 중이던 자
동인형 아샤리아도 당황하며 눈앞의 광경을 노려보았다.

"설마, 말도 안 됩니다. 우리 자동인형과 다르게 그녀는 한 번
사망하면 그대로 끝이에요. 하물며 왕녀씩이나 되는 사람이—."

아직 싸울 수 있는 리샤 근처에서 『한계돌파』를 시작한 건
《영겁회귀》로 개변된 법칙이 지켜주기 때문이다.

【—모든 공격은 그것을 가한 주체에게 두 배의 힘으로 반사
된다.】

리샤가 그 영향하에서 전력으로 공격을 퍼부으면 죽는 것은 그녀 자신이다. 하지만 평범한 캐논으로 포격하는 정도로는 방해조차 할 수 없다.

뿐만 아니라— 리샤에게는 자신의 목숨을 희생하면서까지 싸울 이유도 없다고, 자동인형은 판단했다.

누구든 자기 자신의 미래를 위해서— 자기 자신이 행복해지기 위해서 싸우는 법이다.

후길을 쓰러뜨리지 못하더라도 곧바로 파멸이 닥치는 것은 아니다. 자신의 신념과 대의를 위해서, 그렇게까지 혼을 불사를 수 있다는 말인가?

"그런 인간은, 역사를 수없이 반복하면서도 본 적이 없습니다. 후길과 저를 만드신 아샤리아 님 말고는—."

자동인형은 그렇게 확신하고 앞으로 수십 초는 더 걸릴 변형 조작에 전념했다.

"—《일곱 개의 용머리》!"
세분스 헤즈

그러나 리샤는 방아쇠를 당겼다. 심지어 고열과 충격으로 공격하는 통상 포격이 아니었다.

《천성》으로 생성한 보라색 구체.

접촉한 것을 전부 집어삼켜서 파괴하는 필살의 중력구였다.

지금 리샤가 쓸 수 있는 모든 힘을 남김없이 쥐어짜낸 최대의 공격 기술.

"─나머진 네게 맡기마! 룩스!"

자신이 가장 신뢰하는 사람을 향해 리샤는 소리쳤다.

그 직후 자동인형 아샤리아가─ 그 자리에 있는 모두가 이목을 집중하는 가운데, 칠흑의 신장기룡이 눈보라가 몰아치는 하늘에서 춤을 추었다.

……쩌어어엉!

"─《폭식》!"

리로드 온 파이어

중력구가 『한계돌파』로 변형 중이던 《우로보로스》에 명중하자 견고한 금속 프레임이 뒤틀리기 시작했다.

그 순간, 후길을 설득하던 입체 영상 아샤리아의 존재도 소실됐다.

"《영겁회귀》가─ 일곱 빛깔의 영역이 사라지고 있어……."

신전터 바위 뒤에 숨어 있던 아이리가 멍하니 중얼거렸다.

중력구가 《우로보로스》의 내부 장갑을 부수고 환창기핵에 대미지를 준 탓에 신장을 유지할 수 없게 된 것이리라.

하지만 그건 공격을 받은 다음의 결과일 뿐, 리샤에게 돌아갈 반사 대미지가 무효화된다는 뜻은 아니다.

초중력에 의해 《티아마트》도 함께 짜부라질지도 모른다.

모두가 공포심에 사로잡혀 지켜보는 가운데─ 장갑이 해제된 리샤를, 룩스가 품에 안은 채 공중에 나타났다.

"─뭐야, 와주었느냐. 무서웠다고……."

그 모습을 본 연합군은 한 박자 늦게 자초지종을 이해했다.

『한계돌파』 상태인 룩스의 《바하무트》가 《폭식》의 압축 강

© Yuichi Murakami

화로 전반 5초에 리샤가 받게 될 중력의 영향을 격감시킨 것이다.

그렇게 하면 대미지가 두 배로 반사된다 해도 리샤가 입게될 대미지를 제로에 가깝게 줄일 수 있다.

룩스는 순식간에 그렇게 판단하고 행동해서 리샤를 구출했다.

"처음부터, 계산했다는 겁니까……?! 그런 짓을—."

자동인형 아샤리아는 중파된 《우로보로스》의 조종석에 앉아서 허망하게 중얼거렸다.

《영겁회귀》로 법칙이 개변된 세계에서, 그리고 『한계돌파』로 변형 중인 《우로보로스》 앞에서 룩스와 리샤는 최선의 수단으로 대응했다.

"아니— 그건 아니야."

후길은 곤혹을 숨기지 못하는 자동인형의 혼잣말을 반박했다.

《바하무트》를 두른 후길은 간발의 차이로 《우로보로스》와 분리하여 중력구의 범위 밖으로 대피했다.

"《우로보로스》가 『한계돌파』를 시작한 전후에 저 두 사람이 용성으로 통신한 낌새는 없었다."

그렇다면— 리샤는 진심으로 죽음을 각오하고 공격했다는 뜻이다.

자포자기는 아니며, 의지를 관철하려고 한 것도 아니다.

단지 현재 자신이 시도할 수 있는 최고의 수단을— 그 상황에서 《우로보로스》의 『한계돌파』를 막기 위해서는 그 방법밖에 없다고 판단하고, 자신의 목숨을 저울에 올린 다음 용기를 내서 돌진한 것이다.

왕으로서, 공주로서—.

그렇게 할 수 있는 사람이 세상에 몇이나 있을까?

맹신해서 죽을 수 있는 사람은 숱하게 존재한다. 명예를 위해서라고 주장하지만 속으로는 죽고 싶지 않다고 생각하며 몽상 속으로 달아나 목숨을 낭비하는 사람은 전장에 흔한 편이다.

더러는 퇴로가 막혀서 다른 길이 없다는 억측에 사로잡혀 죽는 이도 있다.

그런데 리샤는 그 어느 경우도 아니었다.

살 수 있는 길을 찾고, 전력을 다해 살아남으려고 하며 자신의 목숨을 걸고 한 발짝 앞으로 파고들었다.

그리고— 룩스는 그런 리샤의 속내를 알아차리고 모 아니면 도라는 심정으로 그녀를 구하기 위한 도박에 나섰다.

"……."

룩스와 리샤의 공격으로 결합이 해제되자 후길에게 말을 걸던 인공지능 아샤리아의 목소리도 끊겼다.

하지만 그런 것은 안중에도 없다는 듯이 후길은 눈앞의 광경을 넋을 잃고 바라보았다.

두 사람의 신뢰. 그 신뢰를 지탱해주는 다른 동료들의 믿음.

그 모습을 목도한 후길은 아주 잠시 환상을 보았다.

그와 아샤리아가 천 년 전에 이룩했던 광경.

세계를 바꾸기 위해서 싸웠던 기억을.

'왜 갑자기 그런 걸 떠올린 거지? 나는— 누구지?'

대파된 《우로보로스》는 한쪽 무릎을 꿇으며 무너져내렸다.

한발 앞서 탈출한 후길은 룩스에게 대검을 겨눈 채 대치했다.

—목소리가, 들려왔다.

조금 전의 인공지능이 만들어낸 입체 영상의 목소리가 아니라, 후길 자신의 마음 속 깊이 잠들어 있는 아샤리아의 목소리가.

『있잖아요, 후길. 듣고 있나요? 당신들은 「배신자 일족」이라고 불리지만— 저는 태어날 때부터 정말로 나쁜 사람은 세상 어디에도 없다고 생각한답니다.』

익살스럽게, 놀리는 것처럼.

은색 머리카락의 황녀가 드레스를 뒤집었다.

처음에는 실소밖에 안 나왔다. 피로 피를 씻는 추악한 전란의 시대에, 평화라는 환상에 사로잡힌 황녀가 헛소리를 하는 거라고 생각했다.

—하지만 그녀는 진짜였다.

재능을 가졌고, 노력을 게을리하지 않았고, 현실에 굴하지 않았고, 꿈을 향해 힘차게 나아갔다.

그 열의에 이끌려 후길도 어느새 그녀의 꿈을 함께 좇게 됐다.

욕망과 복수심에 사로잡혀 처참한 싸움을 되풀이하는 아카디아 황족과 반기를 든 『배신자 일족』.

그 싸움 뒤로 비쳐 보이는 인간이라는 동물의 비열함.

지옥 같은 이 세상을, 그녀와 함께한다면 바꿀 수 있으리라고 믿었다.

『구해주는 사람이 아무도 없다면― 당신이 영웅이 되어주세요. 저는 당신에게 그 자격이 충분히 있다고 생각한답니다.』

"아샤리아…… 나는."

뇌리에 떠오른 소녀의 환상을 바라보며 후길은 중얼거렸다.

몇 번이나 죽을 뻔했고, 그때마다 『세례』를 받은 결과 우연히 초인이 되었다.

세상을 바꿀 힘을 지닌 《우로보로스》를 다루기 위해서 더욱 큰 힘을 추구했다.

아샤리아와 함께 세상을 구하겠다는 꿈을 꾸며 잠들었다.

깨어난 후. 죽어버린 그녀를 발견한 뒤에도 약속대로 계속해서 꿈을 좇았다.

그녀가 남긴 꿈의 잔해.

『성식』과 함께 몇 번이나 역사를 반복했다.

리스테르카를 비롯한 『창조주』를 대피시켜서 잠재웠고.

종을 보존해서 분쟁으로부터 지키며 다음 시대에 평화로운 미래를 맡겼다.

그리고― 또다시 세계의 균형이 서서히 기울고, 누군가가 다른 누군가를 핍박하고, 누군가는 그저 빼앗긴다.

『만약 아무리 애를 써도 사람들이 싸움을 관두지 않는다면. 정말로 어떻게 할 방법이 없다면— 모든 것을 잊고 다시 시작하는 거예요.』

개변기룡《우로보로스》.

세계를 다시 시작할 수 있는 유품을 써서 균형을 유지하기 위해 싸웠다.

하지만.

"영웅은…… 영웅 같은 건…… 그 어디에도 없어."

이윽고 모든 것이 무(無)로 돌아갔다.

시간의 흐름에 따라 평화는 반드시 무너졌다.

후길 자신의 최강의 신체와.

극한에 다다른 기룡 조작 기술과.

최대, 최강의 개변기룡만을 남겨두고.

"방금 그 목소리는, 가짜였나? 아니면—"

답은 보이지 않았다.

하지만 답을 찾아 끊임없이 싸웠다.

자기 자신이 썩어 문드러져 사라질 때까지, 영웅의 사명을 완수하기 위해서.

"—후길! 적이 옵니다! 요격 준비를!"

그 말에 퍼뜩 현실로 돌아온 후길은 《바하무트》의 조종간을 쥐고 있었다.

한 가지 확실한 것이 있다.

그 누구도 영웅이 아니라면 후길 자신이 영웅이어야만 한다.

지금 이곳에는 그가 가르치고 길을 인도한 사람이 한 명 있었고, 이상적인 왕의 모습에 한없이 가까웠다. 하지만— 5년 전에는 그 자격이 없었다.

따라서 5년 전 혁명의 날에는 『최약』이라 단정하고 내쳐버렸다.

하지만 다시— 지금 이곳에서 그가 빚어낸 왕의 그릇이 앞을 막아섰다.

그날부터 룩스가 쌓아온 것.

그 자신의 왕의 자격을 지금 이 자리에서 증명하기 위해 다가오고 있다.

"너에게는 무리다, 아우야—. 네 정의로는 영웅의 사명을 완수할 수 없어!"

『한계돌파』로 이질적인 형태로 변한 칠흑의 기룡이 하늘에서 춤을 춘다. 숲 위에서 체공하고 있던 후길은 눈앞에 나타난 은색 머리카락의 거울상에게 검을 겨누었다.

하늘을 보고 쓰러진 《우로보로스》의 복부.

파손된 거대 장갑이 만들어낸 삐죽삐죽한 금속 언덕을 발판 삼아— 두 사람의 검이 세 번째로 교차했다.

†

"언니, 괜찮아?!"

후길이 멍하니 하늘을 올려다보는 사이에 룩스는 구출한

리샤를 아르마에게 맡겼다.

"괜찮으니까 소리 지르지 마, 아르마. 넌 옛날부터—."

리샤는 아르마의 허벅지를 베고 누운 채 힘없이 쓴웃음을 지었다.

《폭식》의 효과로 리샤에게 반사된 중력 대미지가 경감된 덕분에 다행스럽게도 심각한 통증은 느껴지지 않았다.

하지만 이번에야말로 마지막 힘 한 방울까지 짜냈기 때문에 이제는 손가락 하나조차 까딱할 수 없었다.

그래도 불가사의한 충족감이 리샤를 감쌌다.

조금 전에 자신의 죽음을 무릅쓰고 룩스에게 승산을 쥐여주기 위해서 《세븐스 헤즈》를 쓴 것.

과거에 리샤는 혁명이라는 대의 때문에 아버지인 영걸 아티스마타 백작에게 버림받았으며— 아버지를 배신하고 구제국 측에 붙었다.

그런 몸이건만 훗날 영걸의 딸이라는 이유로 신왕국의 공주가 됐다는 사실을 계속 마음의 짐으로 여겨왔다.

그때의 그녀는 괴로워하는 백성을 위해서 싸우지 않았다.

그러나 지금은—.

"미안해, 언니……! 난 지금까지 언니에 대해서, 아무것도 모르고……."

눈물을 글썽거리며 몸을 기대는 동생을 보고 리샤는 부드럽게 웃었다.

처음으로, 신왕국의 공주로서 싸운 듯한 기분이 들었다.

자신의 긍지를 관철한 것 같았다.

룩스가 있었으니까.

그리고 『기사단』 동료들이 있었으니까.

그들과 함께 싸워왔기 때문에 그렇게 행동할 수 있었다.

"이런 마음을 알게 된 건 전부 너희 덕분이다. 죽지 말거라. 룩스······."

단 하나의 소원을 가슴에 품고, 리샤는 기도했다.

그리고 강철의 언덕 위에서 싸우는 자신의 종자를 지켜보았다.

†

눈보라 속에서 무기가 충돌하는 작렬음이 울려 퍼진다.

칠흑색 장갑기룡이 은색 언덕을 종횡무진 누비고 있다.

룩스와 후길이— 극한의 『한계돌파』로 싸우고 있다.

고막을 찢을 듯한 기세로 소리가 울리고 있건만 신기하게도 시끄럽게 들리지는 않았다.

신체는 극한의 피로에 시달리고 있는데도 의식은 예리한 칼날처럼 날카로웠다.

5년 전, 구제국에 맞서 싸웠던 혁명의 날처럼.

"하아아아아아앗!"

룩스가 포효하며 남은 힘을 끌어냈다.

두 사람의 전술은 똑같은 것 같으면서도 차이가 있었다.

전신에 『세례』를 받은 후길은 신체능력과 스태미나가 룩스보다 훨씬 뛰어나다.

　따라서 『한계돌파』로 모든 제약이 풀린 프레임의 가동 영역을 최대한으로 활용해서 평범한 장갑기룡으로는 도저히 막아낼 수 없는 강타를 퍼부었다. 그 공격 하나하나가 필살의 위력을 지니고 있었다.

　─필연적으로 상대는 한 번의 실수조차 허용하지 않는 극한의 긴장 상태에 빠져 정신력이 마모된다.

　한편 룩스의 전술은 대검으로 방어하면서 반격하는 것.

　하지만 똑같이 『한계돌파』를 사용하고 있어도 막연하게 공격을 막기만 하면 당하게 될 뿐이다.

　그래서 상대의 공격 궤도를 비틀거나, 혹은 적의 검이 충분히 기세를 올리기 전에 직접 앞으로 파고들어서 미연에 차단했다.

　그런 식으로 후길의 공격력을 몇 할 깎아내지 않으면 도저히 버틸 수가 없었다.

　그런데도 일격을 막아낼 때마다 장갑이 비명을 질렀다.

　룩스는 왕도 투기장에서 단련하고 그 뒤로도 끊임없이 갈고닦은 간파 능력으로 후길의 맹공을 가까스로 버텨내고 있었다.

　그러나 공격을 막는다고 해서 호각인 것은 아니다.

　룩스가 싸울 수 있는 시간은 앞으로 3분도 채 되지 않는다.

　반면에 후길은 그 뒤로도 여전히 힘이 남아 있을 것이다.

　이대로라면─ 확실하게 패배할 수밖에 없다.

"날 쓰러뜨리고 『성식』을 멈출 거냐? 영웅의 사명을 대신하겠다는 건가?! 무리다. 아우야. 너는 감당할 수 없어. 그렇게 소극적으로 몸을 지키는 능력밖에 없는 넌─."

"……."

후길에게는 무수한 참격을 몰아치면서 말을 걸 여유조차 있었다.

그러나 그 일거수일투족에는 어떠한 빈틈도 없었다.

확실하게 장갑을 깎아내면서 룩스에 대한 경계를 게을리하지 않았다.

기룡조작 오의. 신장. 하울링 로어. 브레이크 퍼지.

후길은 온갖 공격에 대한 대응책을 준비해두고 있는 것 같았다.

"큭……?!"

룩스는 후방으로 활공해서 거리를 벌리려고 했지만, 후길은 그 즉시 추적해서 따라붙었다.

그래도 계속 이동하며 발판으로 삼고 있는 《우로보로스》의 장갑을─ 지형의 이점을 이용하면서 공격을 피했다.

"부수고, 내칠 각오. 그것 없이는 지배자가 될 수 없다. 절대적인 대의를, 방침을─ 그것을 이루겠다는 의지가 필요하지. 다른 이와 속을 터놓고 교류해봐야 배신당할 뿐이고, 네 길은 거기에서 끝나게 될 거다."

일찍이─ 아샤리아는 『배신자 일족』을 살려 둔 탓에 그들의 손에 목숨을 잃었다.

후길은 그들을 구하고자 했던 소녀의 행동을 막지 못했다.

원래는 아카디아 황국의 적이었던 후길을—『배신자 일족』을 구해준 것 또한 그녀였기 때문이다.

후길이 휘두르는 대검의 기세는 갈수록 격렬해졌다.

룩스의 철벽 같은 수비를 뚫기 위해서 더욱 강력한 공격을 퍼부었다.

룩스가 《바하무트》의 기동력으로 후길의 공격 위력을 줄인다면 후길은 비행하는 기세를 힘으로 바꿨다.

추진력을 칼끝에 싣고 품에 파고들어서 일섬을 펼쳤다.

"너는 『최약』이다— 자신의 나약함을 버리지 못하는 이에게 왕의 자격 따위는 없어!"

후길은 알고 있다.

룩스의 방식으론 소중한 사람을 구할 수도, 지킬 수도 없음을. 그러나—.

—파카아아앙!

"……큭?!"

전력으로 내려친 《카오스 브랜드》가 룩스의 대검에 튕겨 나가고 후길은 눈을 부릅떴다.

상대의 공격이 시작하는 지점을 한 점에 집중해서 받아내어 상쇄하는 절기— 극격.

리샤가 만들어 준 장벽아검으로 룩스가 연마한 기술이, 이 균형을 무너뜨렸다.

"방어에 전념하던 건 공격할 엄두를 못 냈기 때문이 아니라― 공격받는 동시에 반격하기 위해서였나."

후길이 모든 반격과 예비 동작을 경계하고 있다면, 룩스는 방어라는 형태를 유지한 채 적을 무너뜨리는 방법을 노리고 있었다.

"―기룡포효!"
<small>하울링 로어</small>

룩스는 후길의 《바하무트》를 양쪽 장갑 팔로 밀어내며 만들어낸 틈을 놓치지 않고 하울링 로어로 날려버렸다.

그 배후에는 깨진 얼음 기둥처럼 날카로운 《우로보로스》의 장갑이 있다.

룩스는 전술 판단력만 뛰어난 게 아니었다.

지형조차 파악해서 역전의 기회를 기다리고 있었다.

"―《폭식》!"
<small>리로드 온 파이어</small>

"―《폭식》!"
<small>리로드 온 파이어</small>

룩스의 공격을 저지하기 위해 후길이 자신의 주위에 시간의 압축 강화를 걸었다.

거의 동시에 룩스도 《바하무트》의 신장을 발동해서 주위의 시간을 동일하게 감속시켰다.

양쪽의 시간의 흐름이 한없이 느려져서 정지한 것만 같은 착각에 빠졌다.

대검을 머리 위로 올리고 돌진하는 룩스가, 그를 막으려고 검을 든 후길이 전반 5초 동안 정지했다.

후반 5초 동안 십여 배로 가속한 두 사람은 최후의 공방을 펼치게 되리라.

그러나—.

지금 여기에 있는 두 사람의 운명을 뒤집으려는 자가 있었다.

†

"후길—."

조종석의 아샤리아는 숨죽인 채 궁지에 몰린 주인을 지켜보았다.

리샤가 발사한 중력구에 맞고 《우로보로스》의 동체 부분이 파괴되어 신장을— 특수 무장을 제대로 작동할 수 없었다.

그래도 주인인 후길을 구하기 위해서 아직 쓸 수 있는 기능을 필사적으로 찾았다.

《영겁회귀》도 《생사유전》도 《윤회전생》도 쓸 수 없다.

하지만 두 사람의 시간이 한없이 느려진 5초 내에 《우로보로스》의 팔을 룩스의 머리 위로 내려치는 것만으로도 충분하다는 것을 알아차렸다.

겨우 그 한 동작을 위해서 아샤리아는 전력을 다했다. 그러나—.

"……그렇게는, 못 해."

"—뭐?!"

자동인형 아샤리아가 앉아 있는 조종석에 불현듯 멍한 목소리가 들려왔다. 내려치기 직전인 《우로보로스》의 오른팔에 《파일 앵커》의 와이어가 얽혀 있었다.

《티폰》의 강력한 윈치로 견인하자 《우로보로스》의 오른팔 궤도가 살짝 틀어졌고, 정지한 룩스의 머리가 아닌 뒤쪽 지면을 강타했다.

아샤리아가 시도한 최후의 공격은 간발의 차이로 저지당했다.

『미안하지만 그 미래는 진작 예지했어. 그걸— 그녀에게 알려서 방해했을 뿐이지.』

바위 위에 앉아 있는 크루루시퍼가 용성을 통해서 말을 전했다.

《파프니르》는 이미 대파된 상태라서 장갑이 성한 곳이 거의 없었다. 따라서 공격도 방어도 불가능했지만— 그래도 남은 힘을 미래 예지에 집중할 수는 있었다.

"대체, 힘이 다한 당신들이, 어떻게 아직도 싸울 수 있는 거야?!"

"그 답은 간단해요. 사랑의 힘— 이걸 이길 수 있는 것은 없답니다."

빈사 상태였던 『기사단』 멤버들이 이렇게 부활한 이유는— 회복력이 일반인보다 몇 배 이상 빠른 이유는, 전원이 받은 『세례』 덕분이다.

그녀들은 룩스에게 힘이 되어주고 싶다는 일념으로 엘릭시르를 투여해서 육체를 강화했다.

하지만 그것은 요인 중 하나일 뿐, 직접적인 이유는 아니었다.

"우리는 이대로, 아무것도 하지 않고 있을 수는 없습니다."

중파된 《린드부름》을 두른 세리스는 쓰러진 《우로보로스》 바로 위에서 체공 중이었다. 랜스는 진작 부러졌지만, 등에서 뻗어 나온 포구에 모든 에너지를 집중하고 있었다.

"우리나라의 공주가, 우리가 사랑하는 사람이, 목숨을 걸고 싸우고 있으니까요."

질 수 없었다.

이대로 궁지에 몰린 채, 아무것도 한 채로 누워있을 수는 없었다.

『세례』로 강화된 회복력과 소녀들의 의지가 더는 움직이지 않을 터인 몸을 움직이게 해주었고, 다시 신장기룡을 두르는 데 성공했다.

요루카의 신장기룡 《야토노카미》가 공중을 박차고 돌진하며 《우로보로스》에 블레이드를 깊이 박아 아샤리아가 있는 조종석 근처에서 《금주부호》를 발동하고 새로운 명령을 내렸다.

"《우로보로스》를 조종하려는 겁니까? 이제 와서 무슨 짓을 하든 헛수고—"

《금주부호》는 다른 기룡을 자유자재로 조종하는 신장이지만, 이렇게 거대한 기룡을 조종하려면 상당한 힘이 필요하다.

게다가 현재 《우로보로스》는 제대로 움직일 수 없는 상태다.

그런 것을 억지로 움직인들 그만한 이득이 돌아오지는 않을 터였다.

하지만 요루카의 노림수는 그게 아니었다.

"그쯤은— 당연히 알고 있사와요. 하지만 당신이 이 이상 아무 짓도 못하게 하는 것이 제 목적이랍니다."

"—?!"

《금주부호》의 문자열이 《우로보로스》의 장갑 표면에 퍼지면서 어떤 조작을 실행시킨다.

표면을 뒤덮고 있던 장벽이 사라지고 장갑이 안쪽부터 열리더니 환창기핵이 탑재된 어깨의 해치가 개방됐다.

"설마—."

《우로보로스》의 설계도는 룩스가 중추에서 가지고 나와 모두에게 전달했다.

세 개의 동력부, 그것을 전부 파괴하면 《우로보로스》는 자력 수복이 불가능해진다.

"뒷일은 맡기겠사와요, 세리스 씨."

"네, 알겠습니다."

상공에서 부유하던 세리스가 대답하는 동시에 《린드부름》의 어깨 장갑 포대에서 빛의 구체가 사출됐다.

《성광폭파》.

세리스는 《린드부름》의 특수 무장으로 광탄을 사출하는 동시에 《지배자의 신역》으로 순간 이동해서 사라졌다.

"이건, 말도 안 돼…… 우리의 《우로보로스》가 이렇게—!"

몇 초 후에 닥칠 미래를 예감한 자동인형은 전율했다.

천 년 동안 이 최대 최강의 개변기룡을 행동불능으로 만든 이는 없었다.

하지만 지금.

룩스 아카디아와 함께 성장한 그녀들이— 이 미증유의 위업을 달성했다.

"개변기룡《우로보로스》— 격추 성공이야."

거대한 바위에서 내려와 뒤에 숨은 크루루시퍼가 만족스럽게 중얼거린다.

그 직후— 세리스가 쏘아낸 필살의 광탄이《우로보로스》어깨에 명중하며 환창기핵을 폭파시켰다.

†

크루루시퍼, 세리스, 피르히, 요루카가 다시 일어나 총력을 모아서 싸우기 몇 초 전—

룩스와 후길도 최후의 격돌을 앞두고 있었다.

자동인형 아샤리아의 지원 공격은 『기사단』 소녀들이 저지해냈다.

룩스에게는 그것을 의식할 틈이 없었다.

서로의 검이 닿는 간격 내에서.

정지에 가까울 정도로 느려진 시간 속에서 그저 모든 신경을 집중했다.

길다—.

서로 동시에 사용한 시간의 압축 강화. 룩스는 이 순간이 영겁처럼 길게 느껴졌다.

© Yuichi Murakami

후길은 검을 뒤쪽으로 당기고, 룩스는 들어올리는 자세를 유지한 채 초가속이 시작될 5초 뒤를 대비했다.

어차피— 지금 룩스에게는 이 이상『한계돌파』를 유지할 체력이 없었다.

다음 일격이 마지막이다.

기술도, 목숨도.

지략마저도— 룩스의 모든 것을 기룡에 쏟아부었다.

그럼에도— 눈앞의 사내를 쓰러뜨리지 못했다.

다만 룩스의 마음속에는 그때와는 다른 안도감이 깃들어 있었다.

그라이퍼, 메르, 소피스, 로자, 마기알카, 아르마, 에이릴이.

크루루시퍼, 세리스, 피르히, 요루카, 트라이어드가 여기까지 길을 열어주고, 인도해주었다.

자신을 믿어준 동료들.

마음의 버팀목이 되어준 동생 아이리.

강적으로서 앞을 막아섰던 싱글렌.

그리고— 5년 전에 자신이 싸울 수 있도록 이끌어준 형, 후길이 고마웠다.

무엇보다도 지금까지 무모한 짓만 해온 자기 자신이.

그럼에도 계속 소원을 이뤄 온 자기 자신이 고마웠다.

그렇기에 최후의 기술은 정해져 있었다.

룩스 자신이 『무패의 최약』으로서, 그 투기장에서 갈고 닦은 오의.

즉격에, 모든 것을 건다.

한없이 느려진 시간 속에서 지금까지의 전투 경험을 토대로 후길의 다음 행동을 예측한다.

그리고.

『네 신장기룡은— 마지막까지 내가 손보고 싶으니라.』

리샤가 룩스에게 맞춰서 정비하고, 수리하고, 꾸준히 조정해준 이 기룡에 모든 것을 걸고— 승부에 나선다!

두 《바하무트》의 《폭식》으로 인해 시간의 흐름이 느려진 전반 5초.

그동안 후길은 생각했다.

자신이 무엇을 소망하고 소원했는지.

영웅의 사명을 완수하기 위해서 룩스의 의중을 헤아렸다.

룩스의 《바하무트》가 활동 한계를 맞이하기까지 앞으로 십여 초도 남지 않았다.

후길의 간파 실력. 천 년 이상 연마한 모든 힘으로 요격을 시도한다.

문제없이 가능하다. 질 것 같지 않다.

어떠한 곤경. 고난과 맞닥뜨려도 그는 계속 살아남았고, 이겨왔다.

룩스를 쓰러뜨릴 수 있다는 확신이 있었다.

하지만 그와 동시에 쓰러뜨릴 수 없다는 확신도 있었다.

모순.

몸이 정지한 후길의 머릿속에서 무언가가 경종을 울렸다.

'뭐지—? 이 위화감은.'

답은 알 수 없었다.

다만 곧 답이 나오리라는 것은 알고 있었다.

영웅으로서 계속 싸우는 것이 후길의 소망이다.

아니—.

'……아니야. 내가 바랐던 건…… 진짜 목적은—.'

왜 하필 이럴 때 그런 생각이 떠오르는 걸까.

조금 전에 나타난 아샤리아의 인공지능이 한 말.

그 말 속에 후길이 역사를 반복하며 좇아온 답의 편린이 있었다.

『그들 또한 근본이 악한 건 아니에요. 그저 오랫동안 상처입은 탓에 마음이 황폐해졌을 뿐이죠. 당신이 그걸 증명하지 않았나요?』

황녀 아샤리아는 적대하던 『배신자 일족』 중 한 명을— 후길을 구하고 동료로 받아들였다.

그러나 그 탓에— 그 신념을 따라 모든 인간을 구하려고 했기 때문에 배신당한 끝에 목숨을 잃었다.

두 사람의 힘으로 세상을 바로잡겠다는 꿈은—.

불행한 삶을 살다가 아무도 모르게 죽는 사람들을 모두 구하겠다는 꿈은, 이룰 수 없게 됐다.

후길은 그날 이후로 지금까지 답을 잊었고, 찾고 있었다.

천 년 이상 세계의 균형을 유지하고, 약자를 구하고.

영웅이 될 수 있는 왕의 그릇을 찾아왔다.

룩스를 보고 있으니 죽어버렸을 터인 후길의 마음에 동요가 일어났다.

'나는 대체, 무엇을 바랐지?'

승리와 패배를 동시에 확신한 후길은 신장기룡을 움직였다.

십여 배의 속도로 움직이는 《폭식》의 『후반 5초』.

마침내 그 시간이 찾아오고, 찰나의 공방이 작렬했다.

룩스는 머리 위로 든 《카오스 브랜드》를 내리쳐서 어깨의 환창기핵을 부수려는 자세.

반면에 후길은 허리 높이로 든 검을 뒤로 당긴 자세였다.

위에서 아래로 떨어지는 룩스의 참격과 아래에서 위로 올라가는 후길의 찌르기라는 구도.

정면으로 맞붙는다면 룩스에게 유리한 상황이다.

하지만 후길은 룩스의 첫 공격을 받아넘긴 다음, 카운터로 끝장내려 하고 있었다.

후길이 두른 《바하무트》의 예비 동작— 중심을 살짝 낮추고 힘을 모으고 있는 모습에서 그 사실을 알아차렸다.

"—하아아아아아아아아앗!"

그래서 룩스는 내려치기 직전에 페인트를 넣어서 타이밍을 살짝 늦췄다 룩스의 공격이 닿기 직전에 튕겨내려던 후길의 계획이 무너지고, 룩스의 혼신의 일격이 어깨 장갑에 적중—할 터였으나.

"—?!"

후길도 찔러 올리던 검을 중간에 회수하고 그대로 방어에 들어갔다. 대검에 전달되는 모든 에너지를 장벽과 합쳐서 전력으로 받아낼 자세였다.

'예측했어? 내 즉격을—.'

생각을 읽은 것인지, 아니면 예비 동작을 꿰뚫어본 것인지는 알 수 없다.

어느 쪽이든 상관없다.

어차피 공격은 멈출 수 없다.

지금 룩스가 할 수 있는 것은 단 하나.

전심전력— 모든 것을 쥐어짜서 부딪치는 것뿐이다.

"—가, 라아아아아아아아아앗!"

리샤의 외침일까. 그게 아니면 룩스 자신의 외침일까.

그것조차 모르는 채 혼신의 에너지를 담은 《카오스 브랜드》를 내리쳤다.

두 눈을 부릅뜬 후길이 오른쪽 장갑 팔과 블레이드를 방패 삼아 그것을 방어했다.

투콰아아아아아아아아앙!

대기가 폭발하는 충격이 일대를 휩쓸고— 받아낸 검이 부러지고, 장갑이 삐걱거렸다.

그러나— 후길의 《바하무트》는 정지하지 않았고, 전투를 속행하기에 충분한 힘이 남아 있었다.

"—하."

이번에야말로 모든 에너지를 다 써버린 룩스의 입가에 미소가 떠올랐다.

결국— 룩스는 『시작의 영웅』인 후길을 뛰어넘지 못했다.

최후의 수 싸움에서도 후길은 『한계돌파』로 제한이 풀린 가동 영역마저 넘어서는 움직임을 선보였고, 룩스의 예상을 벗어나 방어에 성공했다.

—모든 것이 끝났다.

결국 후길을 이기지는 못했다.

그래도 룩스에게 남은 미련은 없었다.

모든 힘을 다 부딪쳤기에 오히려 후련했다.

"이기지 못한, 건가……."

그런데— 힘이 다해 감기려던 룩스의 두 눈 앞에 상상도 못한 광경이 펼쳐졌다.

……파지지지지지직!

후길의 《바하무트》의 전신 장갑에 무수한 균열이 생기며 부서졌다.

룩스가 상황을 미처 파악하기도 전에 후길의 대검과 맞닿아 있던 《카오스 브랜드》가 앞으로 확 밀렸다.

장갑을 잃고 맨몸이 된 후길의 어깨부터 심장까지, 칼날이 깊이 파고들었다.

룩스가 반사적으로 검을 당겨서 뽑아내자 절단면에서 선혈이 분수처럼 솟구쳤다.

모든 것이 끝났다.

룩스의 승리라는 형태로.

†

"무슨 일이, 일어난 거야?"

"모르겠어. 하지만—."

크루루시퍼와 피르히는 어느 한 곳을 바라보며 멍하니 중얼거렸다. 두 사람은 요루카, 세리스와 함께 고철로 변한 《우로보로스》의 복부 위에 모여 있었다.

흉부에서 어깨까지를 발판 삼아 혈투를 벌이던 룩스와 후길 쪽으로 시선을 옮겼을 때는 이미 결판이 나 있었다.

언뜻 보기에는 후길이 룩스의 공격을 예상하고 완벽하게 막아낸 것 같았지만—.

그 직후, 두르고 있는 장갑이 붕괴한 것은 후길 쪽이었다.

"룩스가, 이긴 건가요?"

"—그런 것 같군요. 제 눈에도 그렇게 보이고 있사와요."

세리스가 멍하니 중얼거리자 요루카는 미소 지으며 대답했다.

그리고— 리샤를 비롯한 나머지 인원이 모두 숨어 있던 신전터에서 우렁찬 환성이 터져 나왔다.

†

"—그렇군. 그렇게 된 거였나."

후길은 어깨에서 피가 쏟아지고 있는데도 안색 하나 바꾸지 않고 중얼거렸다.

룩스의 공격을 간파하고 성공적으로 방어한 후길의 《바하무트》가 어째서 파괴됐는가.

그 이유는—.

『후길! 당신의 《바하무트》는 더 이상—.』

"활동 한계가 온 거군. 이 기체는 『한계돌파』의 반동으로 진작부터 프레임이 망가지고 있었던 거야."

후길의 조작은 의심의 여지가 없을 만큼 완벽했다.

하지만 평범한 사람은 버티지 못할 횟수의 『세례』를 받고 인간을 초월한 초인으로 다시 태어난 후길은 알아차리지 못했다.

『한계돌파』로 모든 제한이 풀린 《바하무트》는 기본 상태로는 불가능한 동작을 연속으로 실행했다. 사용자인 후길은 초인인 까닭에 그 부하를 견뎌냈지만, 기체는 내구력의 한계를 넘어서 스스로 붕괴하고 만 것이다.

지금까지 전투에 집중하던 후길은 알아차리지 못했다.

눈앞의 룩스를— 그리고 그의 동료들을 어떻게 이길 것인지 궁리하느라 본인의 장갑기룡은 안중에도 없었다.

하지만 이것은— 전적으로 후길의 실수라고 할 수는 없었다.

그리고 불운도 아니었다.

―그저, 느끼지 못했을 뿐.

후길이라는 사용자의 능력이 기룡의 힘을 초월했기 때문에 일어난 비극이었다.

『한계돌파』를 사용하면 사용자의 신체가 비명을 지르기 때문에 보통은 기룡사가 먼저 쓰러지기 마련이다.

뼈가 부러지고, 근육이 파열되고, 피로가 축적되는 탓에 한계를 넘어서는 동작을 연속으로 실행할 수는 없다.

그러나 후길에게는 적용되지 않는 문제였다.

자신이 너무나도 강한 탓에 알아차리지 못했다.

후길은 아샤리아를 잃은 뒤로 홀로 천 년 이상 싸워왔다.

극한으로 단련된, 고통도 느끼지 않는 그 누구에게도 지지 않는 초인이었다.

계속해서 이겨왔다.

이 세상에서 독보적인 최강이었기 때문에 후길은 패배하고 말았다.

룩스에게는 한계가 있는 까닭에 힘이 다했지만, 《바하무트》를 지키고 기룡사로서 승리를 거머쥐었다.

함께 성장하고 늘 곁에 있어준 리샤의 힘과 함께.

"―후길."

"아무래도, 혼자 지낸 시간이…… 너무 길었던 모양이군."

후길의 입술 끝에서 붉은 피와 함께 말이 흘러나왔다.

발판이 된 《우로보로스》의 가장자리로 비틀비틀 걸어갔다.

후길의 싸움은 오래전에 끝났다.

천 년 전 그 날의 끝을 맞이하고 말았다.

지금의 그는 『성식』처럼 망가진 장치였다.

그날, 아샤리아와 함께 꾸었던 꿈은 이미 한참 전에 끝을 고했다. 서로 지탱하고, 부족한 것을 채워주고…… 그렇기에 꿀 수 있었던 꿈이었다.

후길은 그 누구보다도 강했다.

강한 마음이 갈 곳을 잃고, 단 하나의 답을 찾아 끝이 보이지 않는 영겁의 세월을 방황했다.

후길의 소망, 소원은 『영웅의 사명』이 아니었으며, 『인간이 가야 할 길을 제시하는 것』도 아니었다.

후길이 그토록 찾아 헤매던 진정한 답.

그것을 깨닫게 될 때까지 너무나도 오랜 시간이 걸리고 말았다.

『후길—!』

그리고 자동인형 아샤리아의 절규가 울려 퍼지는 가운데, 후길은 가장자리에서 한 발짝 더 내디뎠다.

그 몇 메르 밑에는 《우로보로스》가 떨어뜨린 거대한 블레이드의 칼날 부분이 위를 보고 있었고, 그곳으로 곧바로 뛰어내리려던 형의 손을— 룩스가 붙잡았다.

룩스가 두르고 있던 《바하무트》의 장갑도 이미 해제되어 있었다.

극한의 피로가 몰려와 당장이라도 정신을 잃을 것 같았지만 이를 악물고 의지로 버텨냈다.

"—무슨 짓이냐?"

허공에 매달린 후길은 룩스를 의아한 표정으로 바라보았다.

힘이 담겨 있지 않은 후길의 손을, 룩스는 자기 손으로 꽉 움켜쥐고 끌어올리려고 했다. 룩스는 후길을 구하기 위해서 힘이 다한 몸뚱이로 발버둥 쳤다.

"또다시 같은 잘못을 반복하려는 생각이냐? 적을 죽일 각오를 가지라고 말했을 텐데."

후길은 냉소와 함께 말했다.

최강인 자신을 쓰러뜨린 일족의 후예를— 가짜 동생을 야유했다.

"그래도, 나는—."

룩스도 자신이 후길을 구하려고 하는 이유를 알 수 없었다.

하지만 손을 놓을 수 없었다.

그 모습을 보는 후길의 눈동자 속에서 천 년 전 아샤리아의 모습과 그녀가 했던 말이 되살아났다.

『당신이 정말로 나쁜 사람이라고는 생각하지 않으니까요—.』

그녀는 마음을 열고, 자신의 눈으로 확인하려고 했다.

『영웅이 되면 되잖아요. 그 어디에도 나타나지 않는다면, 당신이—.』

—그렇다.

후길은 사람을 구하고자 하는 아름다움에 매료되어 영웅이라는 존재를 꿈꾸었고, 지향했다.

그러나— 인간의 본질인 사악함 앞에서 절망하였으며, 자신의 삶을 의심하게 됐다.

인간은— 인간을 구하는 것에는 어떠한 의미도 없다.

인간에게, 구원을 받을 가치 따위는 없다.

그래서— 인간을 올바른 길로 인도할 수 있는 왕의 그릇을 찾아 헤맸으며, 올바른 세상을 만들기 위해서 역사를 반복했다.

그리고 지금 그의 눈앞에는…… 그날의 아샤리아처럼, 자신의 적에게 손을 내미는 이가 있다.

『배신자 일족』이었던 자의 후예가.

일찍이 절대악이라 불리던 구제국에서 태어난, 후길과 같은 피가 흐르는 사람이—.

"—영웅은 여기에 있어, 아샤리아. 네가, 그날 구해주었던 사람들 중에 있었던 거야."

후길이 계속 찾아온 답.

길은, 사람이 사람을 구한 뒤에 펼쳐져 있었던 것이다.

"너는— 틀리지, 않았어."

후길은 자신을 묶고 있었던 모든 굴레에서 벗어난 얼굴로 미소 지었다.

그 직후, 천 년 이상의 세월을 살며 싸워 온 육신은 색을 잃었고— 재가 되어 무너져 내렸다.

†

룩스는 후길이 스스로 눈을 감고 재가 되어 흩어지는 모습을 지켜보았다.

그는 그 누구보다도 성실하며 따스한 사람이었다.

그렇기 때문에 진실을 찾아 방황했다.

그는— 룩스의 다른 모습이었다.

다른 사람이라는 형태가 아니라, 같은 사람이 길을 걸어간 끝에 도달한 영웅이었다.

그러나 후길은 너무나도 강한 나머지 꿈에 휘둘리기 시작했다.

눈에 닿는 범위만이 아니라 그 바깥에 있는 것까지 어떻게든 하려고 했다.

아샤리아라는 자신의 반쪽을 잃고, 길을 잃었다.

출구가 없는 미궁을.

출구를 찾아 정처 없이 방황했다.

만약에 룩스가 피르히와 아이리를 구하지 못했다면. 『기사단』 소녀들을 구하지 못했다면.

'분명 나도—.'

혁명이라는 사명에 사로잡힌 채 영원히 구제국을 증오하며 살았을 것이다.

이루지 못한 소원에 짓눌려 마음이 사라졌을 것이다.

그리고— 후길은 그런 룩스를 구원해주었다.

룩스가 어머니를 잃고 비탄에 빠져 있을 때—.

정당한 수단으로 구제국 황실에 의견을 제시했지만, 당시 황족 중에 막내인 룩스의 얘기를 들어주는 사람은 아무도 없었다.

오직 단 한 명— 후길을 제외하고.

룩스는 그때 자신에게 말을 걸어준 후길을 영웅이라고 생각했다.

그러나 룩스는 드디어 알게 되었다.

불사의 승리자, 올바른 영웅이란 이 세상에 없다는 것을.

룩스가 후길의 행동을 통해서 본 것처럼.

리샤와 아르마가 『검은 영웅』을 통해서 본 것처럼.

구제국에 핍박당하던 백성들이 아티스마타 백작을 통해서 본 것처럼.

영웅이란 자신의 마음이 바라보는, 구원의 여러 모습 중 하나인 것이다.

'—난, 영웅이 되지 못했어.'

리샤가, 크루루시퍼가, 세리스가, 피르히가, 요루카가, 아이리가.

모두가 없었다면 아무것도 하지 못했을 것이며, 세계를 구한 것도 아니다.

혼자 힘으로 무엇이든 할 수 있다고 생각하는 것은 잘못이다.

영웅이 되지 않아도 된다.

될 수 없는 것을 되려고 애쓰며 괴로워하지 않아도 된다.

다만 그 이상적인 모습을 좇아 모두에게 희망을 안겨줄 수 있는 행동을 지향한다면—.

그것이 룩스가 목표로 삼아야 할 삶의 형태임을 깨달았다.

"편히 잠들기를, 후길. 나의 영웅이여—."

후실이 쉬고 있던 《우로보로스》의 기공삭심이 천천히 떨어져서 눈이 쌓인 대지에 꽂히고, 그의 묘비가 되었다.

두 번 다시— 그 개변기룡을 조종할 수 있는 사람은 이 세상에 나타나지 않으리라.

사람으로서 사람을 위해 영겁의 세월을 싸워 온 영웅의 최후.

그 최후를 곁에서 지킨 룩스의 귀에 어떤 소리가 들렸다.

연합군이 있는 신전터에서 우렁찬 함성이 울려 퍼졌다.

그런 가운데 아르마의 《엑스 와이번》에 안겨 이쪽으로 날아오는 사람이 보였다.

리샤의 미소를 보고 긴장이 풀린 룩스는 그대로 의식을 잃었다.

길고 길었던 싸움에 마침표가 찍혔다.

그 후— 룩스는 힘이 다해 며칠간 잠에서 깨어나지 못했고, 일어났을 때는 한창 사후 처리가 진행되던 중이었다.

결국—『대성역』의 세계 개변 기능은 중추가 파괴되면서 정지됐다.

엄밀히 말하자면 쉬운 일은 아니지만, 유적『달』이나『모형 정원』의 기능을 이용해서 고칠 수는 있었다. 그러나 앞으로는 공공연하게 유적의 힘을 사용하는 일은 없을 것이다.

이익을 원하는 일부의 반대를 제외하고 기본적으로 봉인하는 방향으로 이야기가 정리됐다. 그래도 유적을 남겨두는 이유는 천재지변이나 각종 재앙 등 인류의 존망을 위태롭게 하는 문제에 대처하기 위해서였다.

그 관리자로 에이릴과 소피스가 임명되었고, 각국 대표들을 설득하기 위해서 다양한 절차를 밟는 중이었다.

환신수 제조는 실질적으로 정지되었으니 장갑기룡이 나설 상황도 점점 줄어들 것이다.

모조리 폐기하는 것은 《영겁회귀》로 기억에서 지우기라도 하지 않는 한 불가능하므로 차차 줄여 나가기로 했다. 한번 손에 넣었던 강대한 힘을 포기하기란 대단히 어려운 일이겠지만, 그것 또한 룩스 일행이 맡은 새 임무라고 할 수 있었다.

　마기알카는 『칠용기성』의 고문으로 취임하여 앞으로 국제동맹 기관을 설립하려는 모양이었다. 그녀는 욕망에 충실하지만 밸런스 감각은 뛰어나므로 그쪽은 어느 정도 재량에 맡기자고 룩스도 수긍했다.

　라피 여왕의 사망 사실은 남아 있던 라그나뢰크에게 공격받아 목숨을 잃었다는 내용으로 며칠 뒤에 국민에게 공표했고, 엄숙하게 장례식을 치렀다.

　사람들은 세상을 떠난 영걸 아티스마타 백작의 유지를 이어받았던 라피 여왕에게 경의를 표하며 그녀를 배웅해주었다.

　진실을 밝히지는 않았지만, 그것으로 충분하다고 리샤도 납득한 모양이었다.

　하지만 언제까지고 슬픔에 젖어 있을 수는 없었다.

　살아남은 자에게는 지금을 살아갈 의무가 있으니까.

　먼저 떠난 이들의 뜻을 계승하여 그들이 지키고자 했던 것들 것 지켜야만 한다.

　그리고 최후의 결전으로부터 3개월 뒤의 봄.

　성채 도시 크로스 피드의 학원에서는 3학년이 졸업하고, 신입생이 들어오고—

신왕국은— 새로운 전환기를 맞이하게 되었다.

†

"소피스, 재기동한 자동인형들의 상태는 어때?"

"문제없어. 모두 정상적으로 움직여. 기억 초기화도 제대로 됐고."

"그렇구나. 그럼 예정 시간에 맞출 수 있겠네."

제7유적『달』의 어떤 방에서 에이릴과 소피스가 대화를 나누고 있다. 장의 위에 걸친 로브에는 두 사람이 결정한 문양이 새겨져 있었다.

세계의 유적을 관리, 통괄하는『창세기관』—. 그 초대 대표와 보좌라는 자리에 두 사람이 취임하게 되었다.

"안심하고 다녀오세YO. 낯가림이 심한 소피스에게는 살짝 괴로운 행사일지도 모르겠습니다MAN—."

"리 프리카가 벌써 이 모양이야. 내가 허물없이 지내자고 했더니 콧대만 높아져서는……."

기계 여우 귀를 단 자동인형 리 프리카가 외출하는 소피스를 배웅하면서 놀렸다.

이에 소피스는 도끼눈을 뜨며 볼멘소리를 했지만—.

"아하하……. 하지만 기억을 잃었는데도 옛날 같아서 보기 좋은걸?"

머리카락을 길게 기른 에이릴이 두 사람이 대화하는 모습을 보며 쓴웃음 지었다.

잃어버린 기억은 돌아오지 않을 테지만, 어째서인지 서로 잘 통하는 것 같았다.

"그런데, 정말로 할 생각이야?"

"응. 조금씩이라도— 시도해보고 싶어."

두 사람이 맡은 역할은— 유적에 잠든 기술의 관리와 제공, 권한의 양도 등등.

이미 수많은 장갑기룡이 유출됐지만, 엘릭시르는 봉인해서 존재 자체를 소거할 계획이었다. 인간의 목숨으로 생산하는 그 약은 쟁탈전이 일어날 수밖에 없는 위험성을 가지고 있다. 투여해서 적응하는 것만으로 인간의 능력— 수명이나 재능조차 바꾸는 비약은 인간의 욕망을 지나치게 자극한다.

앞으로 유적에서 반출할 기술은 인간에게 미칠 위험성을 고려하고 규약을 만들어서 엄수하게 되리라.

마찬가지로 비대칭 군사력인 환신수도 봉인하고, 도적으로부터 유적을 지킬 전력을 차츰 줄여 나가기로 했다.

그 대신 시스템을 이용한 경비를 철저하게 할 계획이었다.

사람들의 희생을 요구하지 않는 시스템을 구축하고 실현하기 위해서는 어마어마한 노력과 시간이 필요할 것이다.

그래도 에이릴은 할 가치가 있다고 생각했다.

『창조주』들의 새로운 미래를 위해서도.

"그럼 갈까? 오늘 즉위식은 놓칠 수 없으니까."

"응. 나도 기대 돼."

"다녀들 오세YO! 새로 발견한『창조주』들의 아이를 돌보는 건 제게 맡기시GO요!"

"부탁할게, 프리카. 그럼 갔다 올게."

에이릴과 소피스는 각자 장갑기룡을 두르고『달』에서 날아올랐다.

두 사람이『달』에서 발견한 새로운 희망에게 앞으로 펼쳐질 미래를 맡기고.

"─뭐랄까, 신기한 기분이네. 그 뒤로 세 달이나 지났는데 바로 어제 있었던 일 같아."

세련된 검은 드레스를 입은 자그마한 소녀─『칠용기성』메르 기잘트가 마차 안에서 왕도의 풍경을 둘러보며 중얼거렸다.

최후의 결전이 끝나고 귀국한 이후 처음으로 신왕국을 방문했지만─ 그것이 솔직한 인상이었다.

신왕국의 건국과 함께 오랫동안 지속된 남존여비를 뒤집는 상징이었던 라피의 죽음으로 왕도의 거리는 슬픔에 잠겨 있을 거라고 생각했지만, 몇 개월 전과 다름없는 활기가 돌아와 있었다.

하지만 그것은 국민이 여왕의 죽음에 무관심하기 때문은 아니었다.

신왕국을 세운 그녀가 남긴 것.

뒤를 계승할 새로운 시대의 힘을 기대하고, 주목하고 있다는 게 느껴졌다.

"음, 유미르 교국의 니아스 교황 성하와 메르 기잘트 님 아니십니까. 이쪽으로 오십시오. 이미 다른 귀빈들도 와 계십니다."

"왜 말단 관리가 할 일을 당신이 하고 있어? 일단은 훨씬 지위가 높잖아."

메르는 장의 위에 망토를 두른 쇼트 포니테일 소녀를 보고 깜짝 놀랐다.

신왕국 역사에서는 사망했다고 알려진 리샤의 여동생 아르마는 현재 왕성의 안내역을 맡고 있었다.

"그 얘기는 삼가주십시오. 현재 제 위치는 사관후보생 신입생이니까요."

아르마는— 리샤의 동생이자 아티스마타 백작의 차녀라는 자신의 정체를 국민들에게 밝히지 않기로 했다.

이미 온갖 혼란을 겪은 지금의 신왕국을 더욱 어지럽게 만들고 싶지 않았으며, 왕녀라는 신분에 집착하는 것도 아니었다.

아니— 집착은 이미 사라진 지 오래였다.

그 싸움에 참여한 덕분에 자신이 긍지로 삼아야 할 것은 혈통이 아닌 삶의 방식임을 깨달았다.

리샤와 룩스의 고결한 각오에는 도저히 범접할 수 없지만, 적어도 신왕국에 종사하는 새로운 사관으로서 두 사람을 지탱하고 싶다고— 언니 리샤에게도 그렇게 말했다.

『그건 아쉽구나. 공주의 노고를 알아줄 사람이 늘어나겠다고 좋아했는데 말이야.』

그런 농담을 하며 마주 웃는 것으로 아르마도 구원받았다.

"—그래서 다른 녀석들은 벌써 와 있다고?"

"네, 마기알카 님과 그라이퍼 님은 조금 늦으시는 모양입니다만."

"하아, 그 남자도 참 여전히 게을러 빠졌다니까."

메르가 질렸다는 투로 불평하자—.

"근황 얘기는 나중에 하지—? 내 앞길을 방해하지 말라고—."

등 뒤에서 붉은 머리카락의 소녀가 나타나 도발적으로 말을 건넸다.

신생 헤이부르그 공화국의 『칠용기성』— 로자 그랑하이드였다.

전쟁이 일단락된 동시에 마기알카가 개입했고, 지금은 국왕인 그녀의 측근으로 움직이고 있다.

"그 캐릭터 오랜만에 보는데, 혹시 성격이 원래대로 돌아간 거야?"

"얼른 룩스 님을 뵙고 싶어…… 아아, 이를 어쩌지? 이번 기회에 꼭 은혜를 갚아야 하는데…… 개인적으로도."

메르의 그 한마디에 고압적으로 행동하던 로자의 표정이 꿈을 꾸는 소녀처럼 바뀌었다. 그 모습을 본 아르마와 메르가 황당해하는 사이, 후방의 마차에서 마기알카가 얼굴을 내밀었다.

"국제 문제로 발전하니까 그만두게나. 그리고 그런 곳에서 추억에 잠기지도 말고. 그런 건 연회가 시작된 뒤에 하는 법일세."

"전 대장님한테 꾸지람을 듣는 꼴을 보니 너흰 아직 한참 미숙하구만."

"뭐야, 지각한 주제에 그런 말 하지 말라구!"

그리고 그 뒤쪽에서 나타난 그라이퍼를 보고 메르가 딴죽을 걸었다.

함께 사선을 넘나들― 앞으로는 협력자도, 호적수도, 친구도 될 수 있는 사람들과 격식 없는 말다툼을 나누었다.

그 직후, 로자가 화창한 푸른 하늘을 올려다보더니 눈이 부신 듯 실눈을 뜨면서 밝게 웃었다.

"그나저나 저 두 사람도 도착했네. 드디어 시작이로구나―."

에이릴과 소피스를 보고 미소를 지은 순간, 왕성 주위에서 땅울림 같은 발소리와 함께 함성이 들려왔다.

그것은― 아티스마타 신왕국의 미래를 짊어진, 기대와 희망을 담은 응원의 목소리였다.

†

고양되어 뛰는 가슴을 안고 소녀들은 석조 회랑을 걸었다.

교복 위로 호화로운 붉은 외투를 걸친 소녀는 기운차게 방문을 두드렸다.

"슬슬 나갈 시간이야, 루크찌! 사람들이 예정보다 빨리 모였어!"

"티르파, 그 호칭은 이만 졸업하자고. 너도 이제 학원의 최연장자잖아. 그래서야 다른 사람들에게 본보기가 되겠어?"

"또 그런다. 샤리스는 너무 고지식하다니까. 나도 잘 알거든요—? 딱 지금만 쓸 거야."

갈색 포니테일을 발랄하게 흔드는 티르파 옆에서 샤리스가 잔소리를 했다.

한 발 앞서 학원을 졸업한 샤리스는 현재 학원의 OB로서 『기사단』의 고문 자리에 있었다.

군 부사령관의 딸로서— 훗날 군을 지휘하기 위한 경험을 쌓기 위해서였다.

지금은 왕도와 성채 도시를 부지런히 왕복하는 나날을 보내고 있다.

샤리스가 졸업하며 트라이어드가 해산된 뒤로 오랜만에 모두가 모인 게 반가웠는지 티르파는 텐션이 올라가 있었다.

물론 샤리스도 마찬가지였다.

학원에 룩스가 입학한 이후로 1년 동안— 몇 번이나 사선을 넘나들고, 다치고, 온갖 고생을 했다.

그래도— 세상 어디서도 하기 힘든 값진 경험을 했다고 생각했다.

무엇보다도 여전히 온몸이 멀쩡한 상태로 동료들 곁에 있을 수 있다는 사실이 행복했다.

"정말로, 다행이야."

샤리스가 만감이 교차하는 표정으로 중얼거리는데 방 안에서 녹트의 냉정한 대답이 들려왔다.

"이제 괜찮습니다. 다 갈아입었으므로."

"……잠깐, 녹트! 뭐 하는 거야! 혼자 앞서 나가기 없기로 약속했잖아!"

티르파가 문을 부술 기세로 방으로 돌입하자 정장을 입은 룩스가 웃고 있었다.

난처함과 황당함이 섞인 그 미소는 소녀들이 익히 보아 온 것이었다.

"저는 룩스 씨의 시녀이기도 하므로, 옷 입는 것을 도와드리는 건 당연한 업무입니다."

"그런 식으로 따지자면 난 루크찌의 호위거든요!"

"맡은 역할이 다르니까 아무 근거도 안 된다고, 티르."

지지 않으려고 하는 티르파의 머리를 샤리스가 가볍게 토닥이며 나무랐다.

"—이거 미안한걸. 이렇게 중요한 날에도 소란스러워서."

"아뇨. 긴장하고 있었는데 덕분에 싹 풀렸어요."

"것 봐! 역시 우리가 곁에 있어야 한다니까! 전하도 호위해 드려야 하고!"

"그 호칭으로 안 부르면 안될까요……. 저는 오빠의 덤이니까요."

아이리는 복잡한 표정으로 트라이어드에게 대답했다.

순백색 드레스를 입은 아이리는 의자에 앉아 있었다.

"미안해. 또 아이리한테 폐를 끼치고 말았네."

"이제 와서 그런 말을 하는 거예요?"

아이리가 도끼눈을 뜨고 째려보자 룩스는 당황했다.

"하지만— 이제, 정말로……."

"『마지막이다』라는 말은 할 생각도 마세요. 어차피 무슨 일이 생기면 또 끝없이 참견하려고 할 거면서."

"아, 아하하……."

아이리가 쐐기를 박자 룩스는 겸연쩍게 웃었다.

짚이는 데가 너무 많아서 반박할 수 없었다.

그래도 이번 일이 톱클래스로 **엄청난 민폐**인 것은 틀림없다.

아이리가 곁에 있어주는 것만으로도 고마웠다.

"이 대화도 제가 이겼네요. 오빠가 이기는 날은 대체 언제 오려나요?"

장난스러운 눈초리로 오빠를 놀리는 아이리 옆에서 트라이어드가 의미심장하게 웃으며 떠들었다.

"말은 그렇게 하면서, 결국 오빠의 소원은 뭐든 다 들어주는 주제에."

"실제로 지고 있는 건 아이리 아가씨 쪽일지도 모르겠군."

"No. 말을 삼가시길. 아이리의 프라이드를 꺾으면 안 됩니다."

"다 들리거든요?!"

티르파, 샤리스, 녹트가 저마다 한마디씩 놀리는 걸 듣고 아이리는 빨갛게 달아올라 소리쳤다.

아이리는— 그 전투 뒤에 결국 후유증으로 몸져누웠다. 역시 그녀와 기룡이 맞지 않다는 걸 알게 되었기 때문에 전투에는 참가하지 않게 됐지만, 『기사단』의 정보 관리 담당으로서 앞으로도 활약할 예정이었다.

앞으로도 사교성이 좋고 발이 넓은 아이리를 귀찮게 하게 되리라.

그럼에도 끈기 있게 곁에 있어주는 동생의 존재가 기뻤다.

"바보 같은 얘기는 그만하고 얼른 가요. 오빠, 준비는 다 됐
나요?"

"—응. 가자, 아이리."

긴 흰색 장갑을 낀 아이리의 손을 잡고, 룩스는 방을 나섰다.

호위를 맡은 삼화음^{트라이어드}과 함께 긴 석조 회랑을 걸어서 테라스
로 향했다.

사흘 동안 루프하던 퍼레이드와 『대성역』을 둘러싸고 후길
과 싸운 뒤로 룩스는 중요한 사실을 깨달았다.

자신은— 혼자서는 『영웅』이 될 수 없다는 것을.

누군가를 영웅시하는 것은 자신의 이상을 밀어붙이는 것과
다름없는 짓이다.

"……."

룩스는 회랑 난간에서 옆에 서서 저 멀리 펼쳐진 창공을 바
라보며 생각했다.

후길은, 아샤리아는, 기대에 부응하기 위해서 영웅과 여신
이 되려고 했다.

인간인 채로는 결코 도달하지 못할 존재가 되고자 했고, 되
지 못했으며, 그럼에도 불구하고 계속 싸워나갔다.

인간은 감당할 수 없는 거대한 이상과 꿈에 쫓겨— 미궁을
방황했다.

천천히 회랑을 걷던 룩스의 시야에 낯익은 푸른 머리카락

의 소녀가 들어왔다.

드레스를 입은 크루루시퍼가 룩스를 보고 미소 지었다.

"역시 네겐 그런 옷이 잘 어울린다니까."

"너무 치켜세우진 마. 이래 봬도 꽤 큰맘 먹고 하기로 한 거니까."

그녀의 칭찬에 룩스가 압박감을 느끼자―.

"무리할 필요 없어요. 힘들다면 우리가 당신을 지탱하겠습니다. 그러니까―."

"응. 안심해, 루우."

사관 군복을 입은 세리스가 강하고 자상한 목소리로 용기를 주었다.

그 옆에서 소꿉친구 소녀도 살짝 미소를 짓고 있었다.

"―고마워요, 세리스 선배. 피이도."

계단 옆에는 여느 때의 검은 옷을 입은 요루카도 서 있었다.

"잘 다녀오시어요, 주인님. 저도 지옥까지 따라가겠사옵니다. 당신의 소원이 성취되는 그 순간까지."

"든든하긴 한데…… 식에서는 얌전히 있어줘."

"선처하겠사와요."

사근사근하게 웃는 요루카는 역시 평소대로였다.

네 사람의 격려를 받고 룩스는 아이리와 함께 계단을 올라갔다.

'신왕국의 평화……. 나 혼자서는 그런 큰 사명을 짊어질 수 없어. 나 혼자서는― 이 세상을 전부 다 구할 수 없어.'

리샤 일행이, 모두가 곁에 있어준 덕에 해낸 일이다.

그녀들이 없었다면 불가능했을 것이다.

그러니까— 앞으로도 혼자서 짊어질 생각은 없었다.

계단을 다 올라간 룩스는 왕성 테라스로 나갔다.

운집한 국민과 각국 귀빈, 귀족들을 둘러보자 한층 더 큰 함성이 일어났다.

그곳에는 붉은 드레스를 입은 리샤, 그리고 세리스의 아버지이자 사대 귀족 라르그리스 가문의 당주 디스트 라르그리스가 먼저 와서 기다리고 있었다.

"그럼 오늘부터 1년간…… 신왕국을 이끌 새 국왕을 소개하겠다. —룩스 왕."

와아아아아아아아아아……!

우렁찬 환호성이 파문처럼 퍼져 나간다.

룩스는 온화한 시선으로 국민을 바라보며 천천히 손을 흔들었다.

"오늘부터 1년 동안 제가 신왕국의 국왕을 맡게 되었습니다. 정치면에서는 디스트 경의 도움을 받게 되겠지만, 신왕국을 더욱 좋은 나라로 만들어 나가기 위해서 최선을 다하고자 합니다."

룩스는 왕립 사관 학원 학생인 동시에 국왕으로 활동하기로 사대 귀족 및 집정관들과 논의해서 결정했다.

다양한 사건과 사고로 인해 신왕국의 중심에 빈자리가 가득한 지금, 국민의 의사를 하나로 모으는 것은 리샤 혼자 힘만으로는 부족했다.

불안한 국민들을 하나로 모으려면 영향력이 있는 존재가 필요했다.

그런 면에서 지난 1년간 많은 무훈을 세우고, 죄인의 목걸이를 벗고, 국민들에게도 인정받게 된 룩스라면 더할 나위 없었다.

물론 어디까지나 명목상 왕일 뿐이고 정사 대부분은 사대 귀족 디스트 경이 맡을 테지만— 그래도 왕이라는 것은 분명하다.

훗날 공화제로 넘어가기 위한 징검다리 역할.

룩스는 그것도 일종의 전투라고 생각하며 받아들이기로 했다.

자신이 소망하는 자그마한 평화를 퍼뜨리기 위해서, 함께 싸우고 곁에 있어준 소녀들과 이상향을 향해 전진하겠다고 결심했다.

"저는— 그렇게 강하지 않습니다. 이 세상의 모든 것을 구원하는 영웅은 될 수 없습니다. 하지만……."

옆에 있는 리샤와 아이리를 슬쩍 쳐다보자 두 소녀가 뜨거운 시선을 돌려주었다.

그것으로 용기가 샘솟았다.

"저는, 제가 할 수 있는 일을 모두에게 퍼뜨리고 싶습니다. 모든 사람들에게, 서로를 돕는 방법과 의지를 전달하고 싶습니다."

어린 시절의 피르히가 고독했던 룩스를 구해준 것처럼.

룩스가— 영웅으로 나서서 모두를 구하는 대신에, 아주 조금이라도 구원으로 향하는 길을 제시할 수 있도록.

"힘이 부족해서 좌절할 때도 있을 것이고, 불운 또는 시행착오를 겪느라 잘 풀리지 않을 때도 분명 있겠죠. 하지만—."

룩스는 잠시 연설을 멈추고 국민을 둘러본 다음 속행했다.

"저를 계속 지탱해준 동료들이, 이제까지 겪은 일에서 얻은 경험이 가르쳐줬습니다. 우리는 그렇게 행복을 찾게 됐습니다. 그러니까 그런 나라로 만들기 위한 시스템을 앞으로 1년 동안 고민하려고 합니다."

오묘한 표정으로 룩스의 연설을 듣던 사람들 사이에서는 이윽고 작은 박수 소리가 나기 시작했고, 커다란 환호성으로 발전하여 봄의 창공에 울려 퍼졌다.

†

리샤와 함께 즉위식 연설을 마치고 몇 시간 휴식한 다음 연회장으로 이동했다.

유적을 둘러싼 각국과의 싸움. 구제국이라는 어두운 역사와의 싸움.

그리고— 모든 것의 시초인 과거와의 싸움.

사람들은 길고 괴로운 격전 끝에 얻어낸 소기의 성과를 기뻐했고, 새로운 왕이 된 룩스를 격려했다.

© Yuichi Murakami

그리고— 사흘 뒤.

『칠용기성』과 각국 요인들이 돌아간 왕도 로드갈리아에서 최후의 이벤트가 거행되려 하고 있었다.

"그나저나 슬픈 일 뒤에는 경사가 찾아오는 법인가 봐요."

풍채 좋은 중년 여성이 호외 신문지를 들고 왕성을 올려다보았다.

"그러게 말이야. 설마 룩스 왕이 즉위하자마자 이렇게 맺어지다니—. 하지만 지금의 신왕국을 재건하기 위해서는 좋은 생각일지도 모르겠어."

여성의 남편인 짙은 검은 수염의 남자가 의미심장한 표정으로 웃었다.

"룩스 왕이라면 잘 해낼 거야. 그 대전에서 연합군을 결집한 사람이라면."

시민들은 호기심을 품으면서도 틀림없이 그 행사를 축복하고 있었다.

잠시 후 종루에서 종소리가 울려 퍼지고 사람들이 모이기 시작했다.

이제부터 왕도 대성당에서 룩스의 결혼식이 거행된다.

수많은 사람들이 그의 귀환을 기다리는 성채 도시 크로스피드로 돌아가기 전에.

■작가 후기

오랜만에 인사드립니다. 아카츠키입니다. 항상 감사합니다.

드디어 이 19권에서 메인 스토리가 일단락됐습니다만, 아직 뒷이야기가 남아 있습니다.

다음 최종권에서는 한 권을 통째로 에필로그로 쓸 예정입니다.

보통 후일담 등에 그렇게 할애하는 경우는 없죠. 그런데 이 시리즈는 히로인이 워낙 많은 데다가 제대로 끝내지 않으면 불만의 목소리가 나올 거라고 생각했기 때문에 최소한으로 잡아도 한 권 분량은 필요하겠다고 판단했고, 그렇게 하기로 했습니다.

사실상 모두와 맺어진 룩스는 앞으로 어떻게 책임을 질 것이며, 소녀들은 어떤 결말을 바라는가.

어떤 히로인과 맺어질지 궁금하신 분들도 많을 텐데요. 지금까지 오랫동안 함께 해 주신 독자 여러분들을 최대한 만족시킬 수 있는 형태로 다음 최종권을 완성하고자 합니다(그러니까…… 아시겠죠?).

지난 후기에서는 요루카와 아이리의 탄생에 대해 해설했었죠. 이번에는 역순으로 세리스와 피르히에 대해 해설하겠습니다.

우선 세리스는— 비교적 괜찮게 만들어졌다고 생각하는 캐릭터입니다. 세리스는 3권부터 나온 것처럼 새로운 스토리 전개와 룩스의 벽이 되는 포지션으로 필요했는데요. 귀여운 선배와 늠름한 선배라는 양면성이 그럭저럭 잘 표현된 것 같아서 마음에 듭니다. 물론 모든 캐릭터를 다 좋아하지만요.

그리고 피르히의 경우에는 가장 많은 사랑을 담아 만든 캐릭터라고 생각합니다. 다만 저는 뒤틀린 정열 탓에 좋아하는 캐릭터에게는 가혹한 시련을 내리는 버릇이 있단 말이죠. 딱히 불행하게 만들고 싶은 게 아니라, 그런 상황에 맞서며 대답을 내놓는 포텐셜을 보고 싶어서 그런 겁니다.

다음번에는 리샤와 크루루시퍼, 그리고 트라이어드에 대해 해설할까 합니다.

그리고 이 시리즈에 대한 소회라도 풀어보고 싶네요.

그런고로 감사 코너입니다.

새 일러스트 담당 무라카미 유이치 님. 이번에도 삼화음의 트라이어드 특징이 철철 넘치는 일러스트를 그려주셔서 감사합니다!

그럼 다음 권, 최종권에서 만나 뵙기를 기대하겠습니다.

2019년 10월 모일 아카츠키 센리

최약무패의 신장기룡 19

초판 1쇄 발행 2023년 1월 10일

지은이_ Senri Akatsuki
일러스트_ Yuichi Murakami
옮긴이_ 원성민

발행인_ 신현호
편집장_ 김승신
편집진행_ 권세라 · 최혁수 · 김경민 · 최정민
편집디자인_ 양우연
관리 · 영업_ 김민원

펴낸곳_ (주)디앤씨미디어
등록_ 2002년 4월 25일 제20-260호
주소_ 서울시 구로구 디지털로 26길 111 JnK디지털타워 503호
전화_ 02-333-2513(대표)
팩시밀리_ 02-333-2514
이메일_ lnovellove@naver.com
L노벨 공식 카페_ http://cafe.naver.com/lnovel11

SAIJAKU MUHAI NO BAHAMUT vol.19
Copyright ⓒ 2019 Senri Akatsuki
Illustrations copyright ⓒ 2019 Yuichi Murakami
All rights reserved.
Original Japanese edition published in 2019 by SB Creative Corp.
This Korean edition is published by arrangement with SB Creative Corp., Tokyo
in care of Tuttle-Mori Agency, Inc., Tokyo.

ISBN 979-11-278-6667-9 04830
ISBN 979-11-278-4266-6 (세트)

값 8,500원

VTuber인데 방송 끄는 걸 깜빡했더니 전설이 되어있었다 1~2권

나나토 나나 지음 | 시오 카즈노코 일러스트 | 박경용 옮김

화려한 VTuber가 다수 소속된 대형 운영회사 라이브온.
그곳의 3기생이며 『청초』 VTuber인 코코로네 아와유키.
"역시 롱캔 따는 소리는 최고야!"
"응? 완전 꼴리거든?"
"내가 마마가 될 거야!"
하지만 그녀의 부주의로 방송을 제대로 안 끈 결과,
본래 성격(주정뱅이, 호색, 청초(VTuber))을 드러내고 마는데?!
"클립 엄청 따갔어?! 트렌드 세계1위?! 동시 시청자 수 실화냐고!!!"
이게 웬일, 갭이 호평을 받으며 인기 대폭발!
그 결과…… "으랏차—! 방송 시작한드아!"

모든 걸 내려놓은 그녀는, 대인기 VTuber의 길을 달려간다!!

라이트노벨의 새로운 빛! L노벨의 신간은 매월 10일에 발매됩니다. http://cafe.naver.com/lnovel11

© Hayaken / Illustration Hika Akita
Originally published by HOBBY JAPAN

VRMMO 학원에서 즐거운 마개조 가이드 1~6권
~최약 직업으로 최강 대미지를 뽑아봤다~

하야켄 지음 | 아키타 히카 일러스트 | 이경인 옮김

게임을 좋아하는 소년, 타카시로 렌의 취미는 세간에서 평가가 낮은 비인기 직업이나
유감스러운 스킬을 마개조해서 빛나게 만드는 것이다!!
그런 렌은 중학교 때부터 온라인 게임 친구였던 아키라의 권유를 받아
VRMMO 게임을 수업에 도입한 특별한 고등학교에 입학!
숨 쉬는 것처럼 당연하게 게임 안에서
최약이라 이름 높은 직업【문장술사】를 고른 렌은
그 직업을 최강 화력으로 마개조하기 시작하는데ㅡ.
"어, 아키라는 여자아이였어?!", "그런데?"

실은 미소녀였던 온라인 게임 친구와 함께 하는 최강 게임 라이프, 개시!

데스마치에서 시작되는 이세계 광상곡 1~25권, EX

아이나나 히로 지음 | shri 일러스트 | 박경용 옮김

한창 데스마치를 치르던 프로그래머 스즈키 이치로(29).
『사토』란 닉네임을 쓰는 그가 잠시 잠들었다 깨어나 보니
듣도 보도 못한 이세계에 방치되어 있었다!
혼란에 빠질 틈도 없이 눈앞에는 처음 보는 괴물의 대군이 다가오고,
하늘에서는 유성우가 쏟아진다.
정신을 차리고 보니, 최강 레벨의 힘과 막대한 부를 손에 넣었는데……?!
이렇게 사토의 「유유자적, 가끔 시리어스, 그리고 하렘」인
이세계 모험담이 시작된다!!

**최강 레벨과 막대한 재보를 가지고
시작되는 유유자적 이세계 관광!!**

데이트 어 라이브 1~22권, 머테리얼 1~2권

타치바나 코우시 지음 | 츠나코 일러스트 | 이승원 옮김

4월 10일, 새 학기 첫 등교일.
이츠카 시도는 평소와 다름없는 일상을 보내고 있었다.
갑작스러운 충격파로 파괴된 마을 한가운데에서 소녀와 만나기 전까지는─

세계를 부수는 재앙, 정령을 막을 방법은 단 두가지.
섬멸, 혹은 대화

정령과 만나게 된 시도는,
세계의 멸망을 막기 위해 데이트로 정령을 꼬셔야하는 운명에 처하게 되는데!?

세계의 멸망을 막기 위한 데이트가 시작된다ㅡ!!

ANIPLUS TV 애니메이션 방영 화제작!!

© Kei Sazane 2021
Illustration : Toiro Tomose
KADOKAWA CORPORATION

신은 유희에 굶주려있다. 1~3권

사자네 케이 지음 | 토모세 토이로 일러스트 | 김덕진 옮김

한가한 지고의 신들이 만든 궁극의 두뇌 게임 「신들의 놀이」.
오랜 잠에서 깨어난 신이었던 소녀 레셰는 눈을 뜨자마자 이렇게 선언했다.
"이 시대에서 게임을 제일 잘하는 인간을 데려와!"
지명된 사람은 「이 시대 최고의 루키」로 주목받는 소년 페이.
두 사람이 도전하는 「신들의 놀이」는 난이도가 너무 높아 완전 공략한 사람은 제로.
그 이유는, 신들은 변덕쟁이에 불합리하고, 가끔은 이해할 수 없으니까.
그러나 그런 게임이기에 진심으로 즐기지 않으면 아깝다!
여기에 천재 소년과 신이었던 소녀, 그리고 동료들이 펼치는
지고한 신들과의 궁극 두뇌전이 펼쳐진다!

신과 인류의 두뇌전, 드디어 개막!

라이트노벨의 새로운 빛! L노벨의 신간은 매월 10일에 발매됩니다. http://cafe.naver.com/lnovel11

L NOVEL

15세 미만 구독 불가

2

의매생활

미카와 고스트
일러스트 Hiten

Days with my Step Sister

presented by
ghost mikawa

NOVEL

의매생활 1~2권

미카와 고스트 지음 | Hiten 일러스트 | 박경용 옮김

고교생 아사무라 유우타는 부모의 재혼을 계기로,
학년 제일의 미소녀 아야세 사키와 남매로서 한 지붕 아래 살게 됐다.
너무 다가가지 않고, 대립하지도 않으며, 적절한 거리감을 유지하자고 약속한 두 사람.
가족의 애정에 굶주린 고독 속에서 노력을 거듭해왔기에
다른 사람에게 어리광 부리는 방법을 모르는 사키와,
그녀의 오빠로서 어떻게 대해야 할지 몰라 당황하는 유우타.
어쩐지 닮은 구석이 있는 두 사람은,
같이 생활하면서 차츰 편안함을 느끼게 되는데······.
이것은 언젠가 사랑에 빠질지도 모르는 이야기.

**완전한 남이었던 남녀의 관계가 조금씩 가까워지며
천천히 변해가는 나날을 적은, 연애 생활 소설.**

NOVEL